추가 토핑

나문수

FOREST
WHALE

작가의 말

첫 책을 낸 지도 벌써 한 달이 지났습니다. 장미가 쨍한 햇살을 받들고 있으니 곧 여름이 올 듯합니다. 제게 여름은 좋았던 적이 별로 없던 계절인데, 올해는 또 어떨지 궁금하네요. 5월은 참 빨랐습니다. 책을 냈지만, 여전히 직장인으로 살아갔고, 그에 더해 유튜브 채널도 계속 운영했으니까요. 이십 대 후반에 이르러 장래 희망을 이루긴 했으나, 일상은 달라지지 않았습니다. 매일 출근을 했고, 자주 영상편집을 했으며, 가끔 글을 썼습니다. 책을 내기 전부터 해왔던 대로 말이죠.

사실 이미 오래전부터, 글쓰기는 삶의 우선순위에서 뒤로 많이 밀려있었습니다. 글을 쓴 지 8년에 이르러 작가가 되고야 말았지만, 그전까지 여러 공모전에서 수없이 겪은 탈락에 더해, 이십 대 후반에 접어들 때까지 마주했던 삶의 급격한 변화들 때문이었죠. 이제 글쓰기에 대한 열정도 예전 같지 않습니다. 첫 책의 원고를 출판사에 투고할 때만 해도, 내가 작가가 될 일은 없다고 생각했었으니까요. 그러다 5월에 책을 내고 덜컥 작가가 되면서, 그간 제 글을 봐왔던 이들에게 참 많은 응원을 받았습니다. 기쁨보다 걱정이 앞서더군요.

'이제는 글을 열심히 쓰지 않는데…'

오랜만에 누구를 만나서 내가 작가가 됐다며 근황을 전할 때에도, 내색은 안 했지만 민망했습니다. 아무리 봐도 내가 글을 잘 써서 작가가 되었다고 생각하진 않으니까요. 신인 문학상이나 신춘문예에 당선된 사람도 아니고, SNS에서 큰 호응을 얻는 글쟁이도 아니었습니다. 그저 책을 낼 만큼의 분량을 썼기 때문에. 아마 출판사도 그 노력이 가상해서 원고를 받아줬던 게 아닐까, 하는 생각도 듭니다.

이러나저러나 책은 출간됐고. 여태껏 주변 사람들의 소소한 호응만 보던 걸 넘어, 제 글이 사회의 심판대에 올랐습니다. 종이책이 아닌 전자책으로만 출간되었으니, 솔직히 출간되자마자 그대로 사장될 줄 알았습니다. 너무나 감사하게도 지인들이 하나둘씩 책을 구매했다는 말을 전했고, 저 역시도 책 홍보를 위해 사비를 털어 SNS에 광고를 달았습니다. 말도 안 되는 일이 벌어졌죠. 잠깐이었지만 책이 YES24의 주간 베스트셀러 18위까지 올랐습니다. 그런데도 내 일이 아닌 듯, 그렇게 와닿지 않았습니다. 그래 지인들이 사주긴 했으니까… 광고도 달았으니까… 곧이어 사그라들 관심이라 짐작했습니다. 실제로 책 출간 일주일이 지나자, 책은 베스트셀러에서 떨어져 나갔고, 달라지지 않은 일상에 다시금 체감했습니다. 체념이란 말이 더 어울렸을까요?

'그래 작가는 무슨… 그냥 가끔 글 쓰는 직장인일 뿐이지…'

다만, 아직 가슴에 남은 응어리가 있었습니다. 대학 시절 부지런히 써서 모았던 소설 원고들… 그 시절에 저는 소설가가 되고 싶어 기를 쓰고 소설을 썼었더랬죠. 제 생애 가장 열성적이었던 그 시절을 함께한 원고들이 컴퓨터 폴더에서 웅크리고만 있는 게 속상했습니다. 그러고는 또 한 번 희망을 품게 됐습니다.

'내 수필을 좋아해 준 사람들이 있었던 것처럼, 세상 어딘가에도 내 소설을 좋아해 주는 사람이 있지 않을까…'

그렇게 첫 책을 내고 그다음 주에, 바로 소설 원고들을 고치기 시작했습니다. 그중 가장 마지막으로 지은 게 3년 전이었으니, 그만큼 제 문장들은 어리숙했지만, 때로는 지금 써 보라면 절대 쓰지 못할 신선한 문장들도 많았습니다. 그런 문장들을 고치면서 서글퍼지기도 하더군요.

4

'이제는 이런 문장을 못 쓸 텐데…'

하지만 그 시절의 저와 이야기를 나눌 수 있다는 기쁨이 훨씬 더 커다래서, 소설집 원고를 매듭지을 수 있었습니다. 언젠가 한 대학 선배와 메시지를 주고받다가 열정에 관한 이야기가 나왔는데, 직장생활을 하면서 의욕이 떨어졌다는 그 선배에게 제가 이런 말을 했었습니다. 어릴 땐 뜨겁고 짧은 열정을 갖고 살아간다면, 나이 먹고 나서는 한 번 식었다가 미지근하게 오래가는 열정이 되는 거 같다고. 제게는 이제, 막 불타오르는 열정은 없더라도 모닥불이 타고 남은 잔열. '불멍'을 하게 만드는 그런 열기가 남아있긴 합니다.

모두가 어렸을 때부터 이루고 싶었던 꿈을 가지고 살다가, 나이 들어 현실을 깨닫고 평범한 직장생활을 하며 희망을 잃어갈 때쯤. 멋진 사람으로 살 수는 없더라도, 우리는 충분히 가치 있는 사람으로 살 수 있다고. 가치 있는 삶을 얼마든지 살 수 있다고. 모두가 그런 희망을 품고 살아갔으면 합니다.

나문수 올림.
24. 6. 1.

차 례

괜찮아, 잘하고 있어

"백!"

수술을 집도하는 의사의 신호에 맞춰 수술대 위에 있는 환자의 몸이 덜컹거렸다. 수술실 안에 있는 의사와 간호사들의 머릿속에, 바이탈 사인 모니터가 삐이- 거리는 소리를 계속 집어넣었다. 환자의 몸이 점점 차가워지고 있었다. 의사는 손에 든 제세동기들을 서로 쓱싹쓱싹 비비더니 다시 환자의 가슴에 붙였다.

"이백!"

또 환자의 몸이 덜컹. 삐이- 소리는 멈추지 않았다. 의사는 다시 반복했다.

"삼백!"

"선생님, 더는 안 돼요!"

의사와 마주 보며 수술을 보조하는 간호사가 말했다.

"더 올렸다간 환자가 튀겨질 거예요. 치킨이 되어버릴 거라고요!"

"치킨…?"

의사의 말이 끝나기 무섭게 천장에서 치킨 상자가 툭 떨어진다. 그러자 꿈쩍도 하지 않던 환자가 벌떡 몸을 세운다. 절도 있는 동작으로 상자를 열더니 먹음직스러운 닭 다리 하나를 집어 든다. 튀김옷이 그의 허연 치아 사이로 바사삭 부서진다.

"죽다가도 살아나는 맛!"

스크린도어가 열리자, 문수는 창피한 듯 얼른 지하철에 올랐다.

웬 광고도 염병할… 가슴이 더럽게 끓었다. 옆구리엔 우체국에 맡길 소설 원고가 껴 있다. 저딴 병신 같은 것도 뻔뻔스럽게 말이지, 참… 그러다가 달아오른 가슴의 열이 이번엔 얼굴로 확 솟구쳤다. 또 그 일이 번뜩이는 거다.

하기야, 그것보다 병신 같은 일이 있나.

불과 어제의 일이다. 막 퇴고를 마친 소설 원고를 프린터로 뽑아야 해서, A4 용지 오백 장짜리 한 묶음을 사러 밖에 나갔었다. 집에 돌아왔을 땐 오후 2시도 안 된 시간이었다. 밥상 노릇도 잘하는 간이탁자 위에 A4 뭉치를 내려 두고 물을 마시러 냉장고 앞으로 다가갔다. 거기까진 재미 하나 없는 하루였다.

냉장고 문이 내부 압력 때문에 척 달라붙어 있다가 들썩거리며 열렸고, 그의 시선은 냉장고 문에 바로 딸린 선반에 내려앉았다. 물통은 거기 있었다. 혼자 사는 탓에 신경도 안 쓰고 주둥이를 그대로 가져가 물을 벌컥벌컥 마시다 그만, 얼어붙어 버렸다. 더운 바깥에 있다 보니 냉장고에 있던 시원한 물이 새삼 차갑게 느껴져서도, 오래된 물통 뚜껑에서 구린내가 나서 그런 것도 아니었다.

투명한 물통. 그 안에 또 투명한 물이 출렁거리면서 냉장고 안에 있는 다른 뭔가를 비추고 있었다. 엉?

알쏭달쏭한 마음에 쭈그려 앉아 그걸 가만히 들여다봤다. 아침까지만 해도 냉장고 안에는 없었던 거다. 물만 마시고 드러누워 잠이 들었다가, 다시 일어나 세수만 하고 바깥에 다녀온 사이 생겨 버렸다. 본인 말고는 집에 들어올 사람도 없는 이 집에, 그것도 4시간도 안 지난 사이에 저게 나타났으니, 역시나 저절로 생겨났다고 해야 맞아떨어진다.

1,500원.

냉장고 안에서 그게 기다리고 있었다. 정확히는 1,000원짜리 지폐 한 장 위에 다소곳이 놓인 500원짜리 동전 하나. 그날 먹으려고 마트에서 사다 놨던 카스텔라 빵은 온데간데없고, 그 빵값만 능글맞은 모양새로 남았다. 빵을 사다 놓은 일은 꿈꿨던 거라 넘겨짚는다 하더라도, 냉장고 안에 돈을 놔둔 일은 미치지 않고서야 도저히 일어날 수 없었다.

끝내 미쳐버리고야 말았나!

아직도 소설가가 되겠다는 고집을 부리고 있다. 어느덧 서른. 이런 일, 저런 일도 다 마다하고 쭉 소설을 써왔다. 여전히 이력도 경력도 없었다. 소질이 전혀 없는 것도 아니었다. 대학 시절 국어국문학과를 전공하면서, 그래도 학과 행사에서는 나름 소설로 일등상을 여럿 받기도 했었다.

그래 나는 될 수 있어⋯ 나는 달라⋯!

탈락으로 상처받으려 할 때마다 그 시절로 숨어버렸다. 차라리 그때마다 받아들이고 스스로를 좀 되돌아보았다면, 점점 앞으로 나아가 지금쯤이면 정말로 소설가가 됐을지도 몰랐다. 그는 자기 소설 때문에 상처받은 적이 없었다. 상처로부터 피어나는 새살의 찬란함을 몰랐다. 발전이 없었다.

굶어 죽지나 않을 형편으로 그나마 살 수 있었던 건, 부모가 해준 14평짜리 아파트와 간간히 보이는 우스꽝스러운 공모전 덕분이다. '외계에서 온 것 같은 소설 쓰기' 등등⋯ 일등 상금이 30만 원 정도 되는 그런 공모전들 말이다. 물론 언제나 쪼들림을 달고 산다. 부모의 지원은 아파트가 마지막이었으니.

그가 사는 집으로 말할 것 같으면, 사람 사는 집이라는 걸 여러 번 의심할 만큼 부족한 데가 한두 군데가 아니다. 벌레 날아드는 걸 막으라고 달아놓은 방충망은 벌레 먹은 이파리처럼 구멍이 송송 뚫려 있고. 그 뜯어진 끄트머리가 아이스께끼 당한 것도 아닌데 위로 까뒤집혀 있다. 원래부터 집에 딸려 있던 싱크대와 냉장고를 빼면 가구라 할 것도 옷가지들을 위한 서랍장과 간이탁자, 그리고 소설책들이 모여 있는 책장이 전부다. 세탁기도 없어 코인세탁소를 들락날락하고 있다. 거기에 노트북과 프린터가 버젓이 있는 게 웃지 못할 일이다.

우선은 냉장고 안에 그 1,500원을 주워 들었다. 바로 수사 착수. 카스텔라는 어째서 돈으로 되돌아갔는가. 어머니가 보내준 김치통과 물통은 냉장고 안에 멀쩡히 있다. 그는 노란 포스트잇 두 장을 냉장고 문에 붙이고 이렇게 적었다.

- 돈이 된 것 - **- 돈이 안 된 것 -**

빵　　　　　　　김치

물

지갑을 챙겨 서둘러 마트에 갔다. 밀키스 캔 하나와 꼬북칩 한 봉지를 사서 후다닥 돌아왔다. 묻지도 따지지도 않고 냉장고에 그 둘을 넣고 문을 홱! 닫아 버렸다.

툭.

바로 손잡이를 낚아챈다. 밀키스는 그대로다. 꼬북칩은?

없다!

대신 1,000원짜리 지폐가 있다. 그는 포스트잇에 과자, 음료수도 적었다. 하룻밤 사이에 튀어나온 냉장고의 비밀을 결론지었다.

냉장고에 들어간 것들은 돈으로 바뀐다. 단, 액체나 액체를 포함한 건 안 된다. 액수로 보아하니, 실질적으로 거래되는 값어치로 계산되는 듯했다. 당장 돈이 될 만한 걸 찾기 위해 두근거리는 마음으로 집을 샅샅이 뒤졌다. 어디 중고로 내놓을 만하다거나, 처박아뒀던 애장품 같은 게 있을지도 몰랐다. 이 마법 같은 일에 동화 속 주인공처럼 행복을 온몸으로 만끽할 준비가 되었다. 하지만 그러고 몇 분도 지나지 않아서, 그는 줄초상을 당한 사람 같은 얼굴을 했다.

돈이 될 만한 게 없다.

서랍장에 있는 옷들을 돈으로 바꾸면 입을 게 없다. 싱크대의 식기들? 밥을 맨손으로 먹을 순 없었다. 노트북과 프린터는 목숨이자 영혼과도 같았다. 그 둘을 돈으로 바꾼다는건 지금까지 지켜온 작가의 숙명을 저버리는 것이었다. 정말로 돈으로 바꿔 먹을 만한 건 책장에 꽂혀 있는 수십 권의소설책들이었다. 한 번 읽은 책을 여러 번 읽는 편은 아니었지만, 도저히 버릴 수가 없었다. 소설 창작 외에는 더욱 나은삶을 기대할 수 없는 그에게, 그 소설책들은 정신적 지주이자 스스로를 합리화할 수 있는 유일한 수단이었다.

'그래도 이만큼이나 읽었어…'

성실함을 증명해 줄 게 있어야 했다. 소설책들은 노트북, 프린터와 마찬가지로 절대 건드려선 안 됐다.

'이제 남은 거라곤…'

아찔한 생각까지 해버렸다.

귀라도 하나 자르면?

몸뚱어리로 눈을 돌렸다. 팔이나 다리를 자를 순 없으니, 귀는 어떨까… 자른다고 못 듣는 것도 아니고 말이야. 하지만 망상으로 그쳤다. 마취도 없이 부엌칼로 귀를 잘라? 예술가라도 그렇지 어림도 없다. 당최 돈으로 바꿀 만한 것이 집구석에 하나도 없단 말인가. 새삼 살고 있던 꼬라지가 체감

됐다. 돈에 욕심이 없어 평범한 알바조차 하지 않은 건 아니었다. 오히려 돈에 대한 욕심은 많았다. 이다음에 돈을 왕창 벌어 으리으리한 집에 살며 번쩍한 차를 모는 것도 꿈이다. 하지만 그 꿈은 작가가 되고야 마리라는 꿈과 끝없이 부딪쳤다. 모든 것은 작가가 되고 나서부터였다. 그때 번쩍하고 뭔가 떠오른다.

그럼 내 소설은?

노트북에서 썩고 있는 20여 편의 단편 소설들. 프린터로 전부 뽑아서 냉장고에 넣는다면, 과연 얼마나 떨어질까. 대학 시절부터 작가를 하겠다고 매달린 십 년. 그 시간의 값어치는 얼마일까. 프린터로 소설들을 뽑는 것부터 겁먹었다. 냉장고에 넣었다가 종잇값만 돌아온다면… 아니 뽑고 나서는 이면지니까 그만큼도 못 받는다면… 때려치우지 않고 버틸 수 있을까…? 간이탁자 위에 A4 뭉치를 쳐다보는 것도 무서워 집을 나서버렸다. 냉장고의 비밀은 침울함만 안겨줬다. 땅만 보며 아파트 단지를 서성거렸다. 보도블록과 아스팔트를 이리저리 지나며 왔던 길을 몇 번이고 되돌아오다가 이제는 아파트 현관 근처에 딸린 화단을 따라 슬리퍼를 질질 끌었다. 보도블록과 아스팔트에 머물던 눈이 화단의 흙으로 향했다. 흙. 요새 흙이 모자라서 땅을 못 메꾼다는데.

그의 머릿속에서 또다시 돈다발이 펑, 하고 터졌다.

푸자!

단지에서 인적이 드문 구석탱이로 슬그머니 가서 누가 보고 있진 않나 두리번거렸다. 주변을 지나다니는 사람도, 그에게 관심 두는 사람도 없었다. 맨발 슬리퍼로 흙바닥을 밟았다. 그대로 쭈그리고 앉아 맨손으로 흙을 퍼 바지 주머니에 쑤셔 박았다. 돈이다… 돈이야… 손에서 흘린 흙더미가 발가락 사이를 파고드는 것도 아랑곳하지 않고 한 줌 한 줌 양쪽 주머니에 담았다. 손톱 안쪽이 뻐근할 정도로 흙이 시커멓게 꽉꽉 눌려있었다.

"뭐 하세요?"

으악! 뒤를 돌아봤다. 한순간에 개장수를 만난 개가 되어버렸다. 아파트 경비 아저씨가 순찰하다 그를 발견하고 다가왔다. 하얀 마스크와 경비원 모자를 덮은 얼굴이 덮친다. 마스크와 모자 사이의 그 작은 틈으로 자기를 응시하고 있는 두 눈이 보였다. 숨도 쉬면 안 되고 눈도 깜빡이면 안 될 것 같았다. 경비원의 유니폼을 입고 있었어도 그것은 단지 경비원의 눈이 아니었다. 어떤 심판을 내릴 것만 같은 눈이었다.

잘못했어, 안 했어!?

마음속에서 그 무시무시한 두 눈이 윽박지르고 있었다.

"저… 그게… 저…"

흙을 푸고 있었다. 말할 수 있는 건 그것뿐이었다. 그러나 말할 수 있을 리가 없었다. 화창한 5월. 몰래 아파트 단지 구석에서 쭈그리고 앉아 있는 것만으로도 괴상한 음모를 꾸민다고 보일 게 뻔했다. 게다가 손에선 여전히 흙이 가랑비처럼 떨어지고 있었고, 슬리퍼 사이로 보이는 맨발은 아예 흙바닥에 발을 담갔다가 뺀 것처럼 엉망이었다. 언뜻 보면 다섯 발가락이 다 구멍 나버린 양말 같았다. 흙을 푸고 있었다. 고백하는 순간 무엇이 될 것인가. 정말로 무엇이 되어버리는 걸 견딜 수 있겠는가. 모자와 마스크 사이로 드러난 두 눈에서 벗어날 수 없었다. 집에 흙이 필요해서… 변명할 수도 없었다. 비닐봉지 하나 없었기 때문이다. 애초에 뭘 하고 있느냐는 질문엔 고백도 변명도 통하지 않았다. 달리 말하자면, 왜 하고 있느냐는 질문과 같았다.

왜 하고 있느냐? 허허, 집에 돈을 만드는 냉장고가 있습디다.

그랬다간 아마 내일까지 이 흙바닥 위에 서 있어야 할지도 몰랐다. 문수는 다행히 최후의 수단을 알고 있었다.

"죄송합니다!"

냅다 뛰어서 경비 아저씨를 지나쳤다. 뒤도 한 번 안 돌아

18

보고 쭉 달렸다. 시커먼 손을 앞으로 저으니까 얼굴로 흙이 마구 튀어서 세수하는 것 같았다. 그래도 멈추지 않았다. 적어도 아파트 단지 밖으로는 나가야 했다. 괜히 집으로 튀었다가 아파트 주민이라는 걸 들키면 찝찝함에 잠도 못 이룰 게 분명했다. 심장이 가슴을 뚫고 튀어나올 정도로 숨이 찰 때가 되니, 아까 경비 아저씨를 마주쳤던 곳과 완전히 반대쪽에 있는 단지 입구에 다다랐다. 다시 단지 안으로 들어가려고 하자 웬 꼬맹이 하나가 솜사탕을 손에 들고 지나갔다. 요새도 솜사탕을 저렇게 파나. 벚꽃 나무 한 그루를 통째로 가져온 것처럼 예쁜 분홍 솜사탕이었다. 꼬맹이는 엄마로 보이는 사람을 만나 어딘가로 가버렸다. 그렇게 뒤꽁무니를 보고 있다가 또 그의 머릿속에 무언가가 번뜩거렸다.

모래!

근처 화단에 손이랑 발을 대충 털어낸 다음, 아까 그 경비 아저씨가 있나 없나 정신 사납게 두리번거리면서 단지 안에 있는 놀이터에 갔다. 조금 퍼 간다고 티 나지 않겠지. 방금 지나간 꼬맹이에게 질 수 없다는 듯 뛰어갔다. 엄마와 걸어가던 꼬맹이는 대낮부터 바람을 가르며 뛰는 흙투성이 아저씨를 이상하게 쳐다봤다. 왠지 꼬맹이에게 못된 짓을 저지르는 기분이었다. 별수 없었다. 아저씨는 부자가 될 거란다.

얼마 안 있다가 빈손으로 집에 돌아왔다. 사실대로 말하자면 아직 양쪽 주머니엔 아까 쑤셔 박은 흙이 남아있었다. 모래는 하나도 들고 오지 않았다. 그야 놀이터엔 모래가 하나도 없었기 때문이다. 하기야, 요즘 세상에 모래 깔린 놀이터가 어딨겠어. 요즘 애들은 모래를 만져보기나 하나. 싱크대에서 접시를 하나 꺼내 화장실로 가져갔다. 그리고 주머니에 든 흙을 몽땅 꺼내 접시에 담았다. 타일 바닥에 후두둑. 흙이 내렸다. 굳이 접시에 담은 이유는 흙을 담기 좋아서가 아니라 버리기 좋아서였다. 흙 두 주머니. 흙투성이 발을 닦지도 않고 냉장고에 접시를 넣고 닫았다. 얼마냐 이놈아!

200원.

접시 위에 있던 흙은 깨끗이 사라졌다. 그 생쇼를 다 하고 벌어들인 돈은 100원짜리 동전 두 개였다. 접시를 다시 꺼내지도 않고 그대로 냉장고 문을 닫았다. 화장실로 돌아가 그제야 손발을 씻었다. 화장실을 나오니 방바닥이 흙투성이였다. 말없이 현관에서 빗자루를 가져와 쓸었다. 바닥에 있는 걸 한 곳에 다 모은 다음 홧김의 바깥에 던져버리려다 현관에 떨어진 흙이 또 눈에 들어왔다. 문을 열고 복도를 보니 그의 걸음을 따라 흙이 쭉 깔려있었다. 자기 집 문 앞에 있는 흙만 쓸고 안으로 들어왔다.

"땅을 파 봐라, 돈이 나오나."

문수는 그 질문에 대답할 수 있었다. 하지만 모르는 게 약이었다. 돈이 나오는 냉장고가 있는데 말이야… 꿈 같은 하루는 악몽처럼 다음 날도 으스스하게 쫓아다녔다.

괜히 부정 타는 게 아닌가. 지하철에서 내린 그는 겨드랑이 사이에 껴 있던 원고를 빼내 손으로 들고 걸었다. 기분 탓인지 왠지 모르게 눅눅하다는 느낌에 그제야 가방을 떠올렸다. 마스크에서 풍기는 시큼한 냄새가 또 콧구멍을 파고들었다. 수원역 밖을 나와서 클립으로 묶은 원고를 보았다. 첫 장은 한 가운데에 제목만 덩그러니 있었다.

무지개떡

이 소설의 주인공 미주는 혈액공포증이 있는 소녀다. 자상한 부모에게 사랑받으며 화가의 꿈을 키우던 미주는 기다란 유리병에 알록달록한 종이학을 채워 넣는다. 그러다 초경을 겪으며 자기 공포에 빠진다. 자기 공포의 스트레스는 고등학생이 되어서도 끝나지 않았고, 결국 미대 입시에 떨어져 버리고 만다. 공포는 곧 혐오로 이어진다. 어렸을 적에 그려서 벽에 붙여놓은 그림을 보며 절규한다. 결말에선 마침내 그 종이학 수백 마리가 든 유리병을 바닥에 내동댕이쳐 깨뜨린다. 눈을 허옇게 뜬 채로 바닥에 손을 휘휘 젓는다. 유리 조각이 집혀도 아랑곳하지 않는다. 입에 알록달록한 종이학을 허겁지겁 쑤셔 넣는다. 도저히 입에 들어가지 않을 때까지 꽉꽉 눌러 채운다. 온 힘을 다해 씹는다. 알록달록한 종이학들은 무지개떡이 되어 그녀의 목소리로 운다…

이게 떨어진다면, 떨어뜨리면서 심사위원들이 이렇게 비웃겠지? 무지 개떡 같은 이야기라고. 서류 봉투에 출판사 주소를 적은 것을 끝으로, 원고를 안에 넣고 봉투 입구에 달린 양면테이프 껍데기를 벗겼다. 번호표를 뽑은 다음 우체국 직원의 부름에 접수 창구로 다가갔다.

"○○ 신인문학상 담당자 앞. 맞으세요?"

"…네."

봉투에 '받는 사람'으로 대문짝만하게 써놓은 것이긴 하지만, 해마다 우체국 직원이 물을 때엔 교무실에 불려 온 1학년처럼 가만히 있질 못했다.

우체국을 떠나 아파트 단지로 돌아와서도 곧장 집에 돌아가지 않았다. 어제의 그 놀이터에서 버티고 있었다. 용수철 달린 목마에 앉아 머리를 부여잡았다. 그 냉장고를 다시 보기가 죽어도 싫었다. 늦게 일어나도 아무렇지 않을 그가 아침 일찍 일어나 집을 나온 것도 그래서였다. 답답한 마스크를 벗었다. 앉아 있던 목마를 앞뒤로 계속 흔들었다. 가끔은 너무 힘을 주어 목마의 코가 땅에 박을 지경이었다. 그러고 얼마 동안 있었더니 누가 종아리를 꼬집었다.

"탈래."

그가 타고 있는 목마보다도 작은 아이였다. "확 그냥, 저리 안 가?"라는 말이 혀끝에서 막 다이빙하려던 찰나에 또 누가 불렀다.

"문수 형?"

그는 마스크를 쓴 채로 눈웃음을 보이며 문수에게 다가왔다. 문수도 처음엔 누군가 하고 물끄러미 봤지만, 목소리를 다시 듣고 금방 알아볼 수 있었다. 그래서 출렁거리는 목마를 멈추고 딱딱하게 굳어 그를 바라보았다.

"문수 형 맞네. 오랜만이다."

그는 문수의 어깨를 툭, 치며 말했다.

"…그러게, 오랜만이다."

문수는 아이에게로 눈을 돌리더니, 그 아이에게서 눈을 떼지 못했다. 문수가 물었다.

"아직도 여기 살아?"

"아니, 진작에 이사 갔지. 조카 봐주려고 온 거야."

"그럼 애가…"

"아니, 사촌 형네 애야."

그는 아이를 들어 올리고는 자상하게 안았다. 아이가 목마 때문에 떼를 쓰자 엉덩이를 둥실둥실 튕겨서 달랬다.

"미안, 가봐야겠다."

아쉬워하는 그를 두고 달아나듯 집으로 돌아왔다. 현관문을 열고 들어설 때까지 목덜미라도 한 대 맞은 사람처럼 얼이 빠져 있었다. 거실에 선 채로 벽만 바라봤다. 거기엔 건망증이라도 걸린 사람처럼 메모한 포스트잇이 바글바글하게 붙어 있었다. 개중에는, 이상하게도 꼭 공모전 날짜를 적어둔 것들만 접착력이 말썽이라 달랑달랑거리고 있었다. 그때마다 다시 벽에 잘 붙게 쓱쓱 문지르곤 했는데, 그와 반대로어느 것은 벽과 하나가 된 듯이 한 번도 떨어지려는 기색 없이 단단히 붙어 있었다. 거기엔 이렇게 적혀 있었다.

믿을 수 있는 사람이 되자

놀이터에서 문수를 반겼던 건 한동안 잊고 살았던 영호의 동생, 지호였다. 지호가 문수를 보자마자 반가워한 걸 보면, 그의 기억 속에서 문수가 어떤 사람으로 남아있는지 알 수 있었다. 하지만 문수는 지호를 처음 봤던 그때부터 단 한 번도 반가운 마음을 가진 적이 없었다. 용서해 줬으면… 그를 볼 때마다 판사 앞에 선 피고인이 된 것 같았다.

초등학교 삼사 학년 시절의 일이었다. 방과 후만 되면 친구들과 우르르 피시방에 달려들어 모니터 속으로 빨려 들어갈 정도로 게임에 죽자, 살자 했던 때가 있었다. 가끔은 소리도 꽥꽥 질러가며 몰입하고 있으면, 어김없이 동네에서 그보다 두세 살 정도 어린 꼬맹이들이 뒤에서 구경하고 있었다. 아마도 용돈은 없고 게임은 하고 싶은 모양이라 그렇게 무료 관람을 했었던가 싶다. 그날도 문수의 뒤에 한 꼬맹이가 서성거렸다. 게임도 마음대로 안 돼 가뜩이나 열은 오르고 그걸 어디 풀 데가 없었는데, 그 꼬맹이가 잘못 걸려버린 거다. 그 나이에 흔히들 하는 까까머리에다 피부가 까무잡잡한 그 아이는 화상자국인지 씻지 못해서 때가 묻은 건지 얼굴에 얼룩을 뒤덮고 있었다. 초등학생 문수는 눈에서 가시가 나가는 따발총을 쏘는 것처럼 노려보며 꼬맹이에게 말했다.

"저리 가."

얼룩 있는 꼬맹이는 군것질거리를 훔치다 걸린 것처럼 입을 꾹 다물고 있었다. 그래도 구경 못 하는 게 아쉬웠는지 발끝에 못을 박아놓은 듯 1mm도 움직이지 않았다. 문수는 새까만 짜증을 석탄처럼 푸석푸석 씹었으나 소란을 피우는 건 내키지 않아 그래도 누른다고 눌렀다.

"가라고. 가. 꺼지라고 씨발아."

그로부터 며칠 후, 영호와 함께 피시방에 가기 전에 영호네 집에 들르게 됐다. 영호가 피시방에 갈 것을 깜빡하고 학교 올 때부터 지갑을 가져오지 않아서였다.

"들어와."

장난기 가득한 영호의 말을 듣고 신이 나서 들어가자마자 문수는 끈끈이에 걸린 쥐가 돼서 현관에서 꼼짝도 못 했다. 마음은 오히려 바둥거렸지만, 그 자리를 벗어날 수 없었다. 형인 영호가 집에 온 걸 알고 집에 있던 동생이 명랑하게 반기러 나왔기 때문이다. 그 얼룩덜룩 꼬맹이가 바로 영호의 동생 지호였다. 귀신의 집에 온 듯 선득한 기분이 들었다.

"뭐 해, 안 들어오고."

영호가 다그치고 나서야 겨우 발을 뗄 때 영호를 따라갔다. 한 번도 지호의 눈을 마주치지 않고 말이다. 그날 지호의 표정은 어땠었을까.

영호의 동생인 걸 알게 된 후로, 애를 써 가며 지호에게 잘해주려 했다. 영호와 단둘이 놀 때면 꼭 지호를 데려와 놀아주기도 했고, 놀다가 출출한 기색이라도 보이면 귀신같이 알아채 영호 모르게 문방구에 가서 차카니 같은 것들을 입에 물려주곤 했다. 지호가 중학교에 올라갔을 땐 선물이라도 해야 하는데 그래도 비싼 걸 사줄 순 없어서, 문방구에서 그나마 싸구려라고는 하지 못할 3,000원씩이나 하는 볼펜을 선물해 준 적도 있다. 꼬맹이였던 지호는 그런 문수를 영호만큼이나 믿음직스럽게 생각하는 것 같았다. 어느 날 부모님 옷장에서 만 원짜리를 훔쳐서 집에서 쫓겨날까, 무섭다고 말했던 걸 보면 아주 틀린 말도 아니었다.

지호가 대학교에 들어가고 나선 얼굴 볼 일이 없어 거의 5년 만에 놀이터에서 만난 거였다. 성형수술이라도 받았는지 마스크를 내린 지호의 얼굴엔 얼룩 같은 건 하나도 없이 말끔했지만, 문수의 마음속엔 그날 피시방에서 처음 봤던 지호가 얼룩처럼 아직도 남아있었다. 여전히 그를 살갑게 대하는 걸 보면, 지호는 그와 영호 사이에 있었던 일을 아직도 모르나 보다.

영호네는 못살았다. 문수가 영호네 집에 처음 갔을 때 놀란 건 지호에 더불어, 살면서 그렇게 못사는 집은 난생처음 가봤기 때문이었다. 지금의 그 후진 14평짜리 아파트에서 불평 없이 살 수 있는 것도 아마도 그때 봤던 영호네 집을 위안 삼고 있어서일지도 모른다. 벽지는 웬만해선 곰팡이가 슬어 차라리 시멘트벽 그대로 두는 게 나을 정도였고, 현관에서 부엌이 딸린 조막만 한 거실을 지나 하나 있는 방이라곤 사람 두 명이 대자로 뻗으면 갑갑해질 정도였다. 집안의 물건들은 아이스께끼 공작단들이 다녀간 것처럼 다 헤집어져 있었다. 영호네는 어머니만 있어 셋이 자려면 한 명은 그 좁아터진 부엌에서 쥐며느리처럼 이불을 몸에 둘둘 말고 구부정하게 누워야 발꿈치가 현관에 닿지 않을 것 같았다.
지호의 마니또 행세를 한 것도 사실은 영호에 대한 미안함 때문이었다. 영호는 괜한 일로 볼때기가 터지도록 서로 주먹으로 치고받아도, 몇 시간, 아니 몇 분도 채 지나지 않아 미안하다고 중얼댈 만큼이나 소중한 친구였다. 그런 영호의 동생에게 못된 마음을 먹은 게 영호를 배신한 것 같은 기분이었다. 문방구에서 물건을 훔칠 때처럼 못된 마음을 먹은 게 사실은 한두 번이 아니지만, 문수 옆엔 언제나 영호가 있었다. 언젠가는 문수의 도벽에 가담한 일로 영호마저 문방구 주인에게 으름장을 들었을 때도 영호는 문수를 저버리지 않았다. 영호는 그런 더럽고 냄새나는 비밀도 감수하며 곁에 남았다. 그래서 처음 영호네 집에 갔을 때 오히려 놀라지 않을 수가 없었다. 너그럽고 시원시원하고 유쾌하기까지 한 영호를 보며, 어느 부잣집의 멋진 도련님일 게 틀림없을 거라고 속으로 생각하고 있었기 때문이다. 영호네에 처음 갔을 때 내심 실망감이 든 순간, 가장 소중한 친구를 두 번이나 배신했다고 여겼다. 하지만 지금에 와서까지 5년이 지나도록 단 한 번도 안부 전화 하나 없었던 건, 세 번째 배신 때문이었다.

지호가 이제 막 대학교 들어갈 때였고, 문수는 대학교를 졸업한 지 얼마 안 되어 스물여섯이었다. 그때는 살면서 통장에 돈이 가장 많을 때였다. 학과 행사와 교내 공모전, 그리고 시나 도에서 주는 장학금을 긁을 수 있는 대로 바리바리 긁어모은 게 300만 원이었다. 작가를 준비하는 데에는 노트북을 두드리면서 도서관에서 책 빌려 읽는 게 다였고, 그때만 해도 부모님과 같이 살 때라 돈 나갈 데가 없었다. 취직도 안 하는 처지가 쪽팔렸는지 친구들이 불러주는 술자리도 죄다 마다하고 있었다. 그러던 어느 날 영호가 갑작스럽게 어머니 얘기를 꺼냈다. 밤에 건널목을 지나다가 사고를 당하셨다고. 합의금이야 받으면 그만인데 자기 집 형편에 보험 같은 건 들어놓은 게 없어서 합의금을 받기 전에 당장에 수술비가 큰일인 거였다. 그 말을 듣자마자 하늘에서 계시받은 듯했다. 그동안 그토록 돈을 모았던 이유는 자신을 위해서가 아닌 오로지 영호에게 보답하기 위함이었다고 말이다. 문수는 영호에게 말했다. 내 수중에 지금 300만 원이 있어서 도와줄 수 있는 건 그게 다야. 돈 필요하면 꼭 말해.

그 말을 하고 하루가 지나지 않아 영호에게 연락이 왔다. 돈을 빌려줄 수 있겠냐고. 문수는 바로 계좌번호부터 달라고 한 다음 카드 긁듯이 순식간에 300만 원을 넘겨줬다. 그러고는 아주 넓은 아량을 가진 것처럼 돌려받을 생각은 하지 않겠다고 말했다. 영호에게 돈을 빌려주고 난 뒤, 그와 단둘이 찍은 사진을 보며 미소를 지었다.

그런데 그게 며칠을 못 갔다. 분명 영호에게 돈을 넘겨줄 때만 해도 이깟 돈이야 없어도 그만이라는 식이었다. 마치 영웅이라도 된 것처럼 정의감에 불타서 300만 원으로 사람 하나를 구하는 거라면 거저라는 생각까지도 했었다. 내게 돈을 빌리는 것이 마지막 발버둥이었을지도 몰라. 그 정의감 끄트머리에 불안이 매달려서 악착같이 기어오를 줄은 상상도 못했다. 정말로 그 돈을 받지 못한다면 어쩌나 하는 것에서 시작해서, 만약 부모님이 이 사실을 알게 되어서 난리를 치면 어쩌나 하고 조마조마하게 된 것이다. 당연히 부모님에게 돈을 빌려줬다고 말하진 않았다. 그런데 만약 부모님이 갑작스럽게 큰돈을 빌려달라고 한다면 어떻게 해야 하나. 이미 누구한테 그 돈을 다 빌려줘 버렸다고 해야 하나, 아니면 덮어놓고 잡아떼면서 빌려줄 수 없다고 해야 하나. 문수는 손가락으로 탁자를 두드리거나 다리를 떨어대는 일이 잦아졌다.

서른 살이 될 때까지 살면서 그렇게까지 눈앞이 아찔했던 적은 한 번도 없었다. 할머니 댁에 갔던 부모님에게 전화를 받고 나서, 그대로 핸드폰을 변기통에 넣고 내려버리고 싶었다. 밭에서 품삯을 받으며 남의 집 농사일을 하던 할머니가 농기계에 오른손이 빨려 들어가서 손가락 두어 개가 잘려버렸다는 것이다. 그 이야기를 왜 굳이 자기한테 전화를 걸어서까지 하는가 싶더니, 접합하는 데에 수술비를 보태라는 거였다. 그 말을 듣자마자 그 돈 이미 누구 빌려줘서 없다는 말이 저절로 나오려는 걸 입을 꾹 다물어 참았다. 왜, 왜, 라고 할 뿐이었다. 그때 부모님 얘기로는, 바로 얼마 전에 할머니 댁을 새로 지었을 때 아버지고 어머니고 있는 돈을 여기저기서 다 끌어다 부어서 당장에 수술비가 턱없이 모자란 다고 했다. 우라질 그 수술비가 대체 얼마길래 나한테까지 보태라는 소리가 나오냐는 마음에 어머니가 걸었던 그 전화를 확 끊어버렸다. 미치고 팔짝 뛸 새도 없이 바로 아버지한테서 전화가 왔다.

"느이 할머니 수술한다는데 그것도 못해 줘? 너 돈 그거 쓸데도 없대매. 쓸데도 없는 돈 뭐하러 갖고 버티고 지랄이여. 그까짓 거 나중에 내가 줄 테니까 보내!"

결국 한마디도 못하고 알았다며 끊었다. 할머니… 사실 할머니에 대한 마음은 유별나지도 않았다. 할머니와 영호 둘 중에 누굴 고르라면 당연히 영호임이 틀림없었다. 그만큼 가족이라는 단어에 인색했다. 하지만 할머니의 수술비를 보태기로 했다.

"어무니 아부지는 짐보따리 머리에 이구 등에 지구 하느라 기래 내가 어분 기지."

술김에 벌겋게 달아오른 어른들 얼굴 때문인지, 어른들 이야기를 몰래 엿듣는 게 즐거워서 그랬는지 모른다. 술잔이 왔다 갔다가 부침개 쩝쩝대는 소리에 문수는 자기도 모르게 할머니의 말을 애타게 기다렸다. 이야기를 꺼내는 할머니의 목소리와 표정은 혼자 어디 먼 시간 너머에 있는 것 같았다.

"아 그라고 강을 너문 기여?"

어디 영식이네 삼촌인지 하는 사람이 술잔을 딱 잡고는 물었다. 할머니의 대답을 듣자마자 곧바로 안주 삼아 한 잔 털어보려는 기세였다.

"숫제 그 강만 넘으면 삼팔선을 넘눈대니까 얼어 뒤지는 수가 있어두 너머야지 머. 물에 들어가니끼니 뒤에 어분 막둥이 팔뚝이 막 바들바들 떨리지 않네? 내 목덜미에 둘러맨 것이."

그 이야기를 들었을 때 고등학생이었던 문수는 더는 할머니의 이야기를 듣기가 무서워졌다. 어쩌면 이미 오래전에 그 이야기를 들었던 적이 있어서일지도 몰랐다. 하지만 그 자리를 떠나지 않고 계속 이야기를 들었다. 아무도 설명해 준 적 없었던 가족이란 과연 무엇인가 하는 의문에 답이 되어줄 것만 같아서였다.

"기래 막둥이 하는 말이, 언니야… 춥따아 언니야… 그러다가 금방 말이 또 없어. 그저 참기루 했나, 그랬지. 그러구서 다 건너고 나니까 어무니가 우리 보구 막 뛰쳐오는 기여. 그제야 자식들두 멀쩡히 너멌눈가 상판때기를 들여다 보는데… 막둥이를 보더니 아부지를 막 불러. 아부지가 보더니 막둥이를 강물에 떠내려 보내지 않네?"

할머니의 말을 듣고 밥상에 둘러앉은 어른들이 호들갑을 떠느라 시끄러웠지만, 문수는 할머니의 표정을 보고서 아직 이야기가 더 남아있는 것을 알 수 있었다. 그 뒷이야기를 듣자마자 자리를 박차고 아무도 없는 어두컴컴한 곳에서 혼자 시간을 보냈다.

"물살이 기래 쎄고 바람두 죽일 듯이 부는데 강물 소리 바람 소리 하나 안 들리는 기여. 그저 막둥이 몸뚱어리가 떠내려가눈 것만 보이대… 아부지가 불러두 대답두 않구 그러구 보구 있던 기여. 실은 알고 있었지… 막둥이 가슴이 등에 딱 붙었으니 심장 뛰눈 게 대번 느껴질 기 아니여… 알아도 기냥 모른 척한 기지 머…"

마침내 영호에게 전화를 걸었다. 이해해 줄 거야… 펜치를 가지고 자기 어금니를 뽑아버리는 기분으로 전화기에 대고 말했다.

"영호야. 그 돈. 다시 돌려줘야겠다. 우리 할머니 손가락 잘렸대."

전화가 끊어졌다고 생각될 정도로 오랜 침묵이 이어졌다. 전화기 너머로 긴 한숨이 들리는 것 같았다. 영호가 말했다.

"그래, 어쩔 수 없지… 미안하다 괜히 곤란하게 해서."

그 뒤로 5년 동안 한 번도 영호를 만나지 못했다. 얼핏 듣기로는 2년 전에 독립출판 사무실을 차려 지금은 업계에서도 꽤 알아주는 번듯한 사장이 됐다고 한다. 지호를 만나고 집에 돌아와 그때 일을 다시 떠올리면서 문수는 이런 마음을 가졌다. 만약 그때 할머니의 이야기를 듣지 않았더라면… 영호에게 그대로 돈을 빌려줬더라면… 손가락 때문에 할머니가 돌아가시진 않았을 테니까… 지금도 여든 살이 넘어서도 허리 꼿꼿하게 사시고… 그랬으면 지금 영호한테 원고를 맡길 수 있었을 테고… 그런 생각 끝에, 인간성도 결국엔 재능인가… 하는 철학적인 깨달음도 잠시, 내가 그때 돈이 많았더라면… 하고 냉장고만 뚫어져라 쳐다봤다. 정말이지 참을 수 없었던 것은 이런 일을 소설로 쓰면 참 좋겠다고 불쑥 우러나온 마음이었다.

그 일이 있고 물론 영호에게 한 번이라도 연락하려는 마음이 없었던 건 아니다. 하지만 그럴 때마다 전화를 받은 영호가,

…너 내가 그때 얼마나 힘들었는지 알아?

라고 말할까 봐 도저히 엄두가 나지 않았다. 지금 전화하면 영호는 뭐라고 할까. 나는 영호에게 뭐라고 말할 수 있을까. 나도 그때 죽을 맛이었다고… 가족 같은 거 다 내버려두고 너를 도와주고 싶었다고… 그러면 영호는… 영호는…

문학상 공모 마감이 지난 지 거의 두 달이 됐다. 괜한 연락 한 통 없는 걸 보면 이번에도 낙방이다. 서른 살 안에는 되겠지… 그 희망도 이젠 없다. 종일 거리를 방황하다가 한밤중

에 골목을 거닐었다. 가로등 불꽃이 주황색으로 피었다. 그 향기 없는 꽃에 취해 환상을 보는 것이다. 가장 행복했던 시절… 아이러니하게도 글쓰기로 난생처음 장학금을 탔던 때도, 별 볼 일 없는 공모전에서 1등 먹었을 때도 아니었다.

고등학교 시절, 연극 공연으로 무대 위에 올랐던 때였다. 걸을 때마다 나무가 퉁퉁 소리를 내는 무대. 호박엿 빛깔이 바닥에 쫙 깔려있었고 등 뒤로는 온통 까만 무대 뒤편이 있었다. 그리고 바로 머리 위. 그곳에도 향기 없는 꽃들이 눈부시게 피어있었다. 문수는 거기서 혼자 남아있는 걸 좋아했다.

스포트라이트.

무대도 객석도 완전히 불이 꺼진 상태에서 오직 단 하나의 조명이 한 사람을 비춘다. 우주선에서 내려오는 정체불명의 광선처럼 압도된다. 우주처럼 어두운 극장. 거기서 우주를 가득 채운 수많은 별을 찾아낸다. 눈부신 조명에 적응될 때쯤 그 너머로 반짝이는 관객들의 눈빛. 하나의 조명은 관객을 그에게 주목시키려는 게 아니라, 관객으로 하여금 그가 다시 태어나게 만들었다. 나의 몸짓은 모두 저 별들을 위한 것이다. 이 조명은 나에게 내리는 계시다. 나는 저들의 노예일 뿐. 하지만 보아라, 이 얼마나 자유로운가… 자유롭게 내보이는가…

그때만 해도 온 세상이 나를 비추는 줄 알았어. 내 인생은 정말로 빛나는 것 같았지. 하지만 이제야 알겠어. 내 인생을 비추는 건 저 벌레들이 들끓은 가로등 하나뿐이라는 걸. 저것마저도 나만을 비추는 스포트라이트가 되어주지 못한다는 걸.

글쓰기를 시작해서도 그는 오직 하나의 빛줄기를 위해 몸을 움직였다. 언젠가 그의 소설을 읽어줄 사람들. 독자. 그는 독자의 노예로서 하얀 지면에 키보드를 재단사의 재봉틀처럼 두드렸다. 자판의 소리에 따라 실낱같은 문장이 줄을 지었다. 이곳에서도 그는 혼자일 수 있었다. 밤이 되면 노트북 화면이 그의 얼굴만을 비췄다. 스포트라이트는 존재했다. 그의 생애에서 가장 자유로운 순간일지도 몰랐다. 소설 안에서 그는, 소년 소녀 사내 여인 할아버지 할머니에 더불어 심지어는 짐승이나 괴물도 될 수 있었다. 모든 것이 그 시절과 다르지 않았다. 아니 오히려 더 자유로울지도 모른다. 하지만 보아라, 왜 내보일 수 없는가⋯ 왜 소설가가 될 수 없는가⋯

그가 마주해야 하는 시선은 이제 감당하지 못할 것들밖에 없다. 대체 뭘 잘못했길래 나한테 이러는 거야. 내가 뭘 그리 잘못했다고⋯

혼자 사는 집에 혼자 밤에 돌아오면 시커먼 바닷속에 잠긴 기분이다. 불을 켜도 달라지지 않았다. 간이탁자 위에 있는 노트북을 펼쳤다. 폴더를 열고 기다란 프린터 잭을 집어 노트북에 연결했다. 그동안 썼던 모든 소설을 인쇄하기 시작했다. 잉크 토너가 왔다리갔다리 하면서 A4 용지를 휘갈겼다. 소설 20여 편. 아직 뽑아야 할 페이지가 열몇 장 정도 남았을 때, 잉크가 부족하다는 메시지가 떴다. 마우스를 움직여 무시 버튼을 눌렀다. 마지막 작품인 <무지개떡>의 마지막 페이지까지 프린터는 출력을 끝냈다. 기껏해야 한 편에 열 장 언저리인 것들… 클립으로 묶지도 않은 소설들을 통째로 냉장고에 넣었다. 그리고 닫았다. A4 이백몇십 장은 이제 눈앞에서 사라졌다. 전봇대에 버려진 못난이 인형처럼, 왜 버림받았는지 뻔히 보이는 원고들. 다시 냉장고를 열었다.

12,000원.

한 장에 구십 원에서 백 원꼴이니 이면지라서 반 토막이라면 맞아떨어지는 계산이었다. 그는 냉장고를 도로 닫고 간이탁자 위에 있는 노트북을 접었다. 머리 위로 번쩍 들어 도끼로 장작 패듯이 무릎으로 콱, 찍어버리려다 그저 무릎에 대고 부르르 떨었다. 시선은 프린터로 갔다. 무릎을 높이 든 다음 깡통을 찌그러뜨리듯, 발바닥을 프린터에 내리꽂았다. 발바닥은 프린터 바로 왼쪽에 엎드려 있었다. 애네들이 무슨 잘못이 있겠어. 잘못은… 그는 냉장고로 몸을 날렸다.

노트북과 프린터와는 달랐다. 정말로 온 힘을 다해 주먹을 갈기고 발바닥을 찍어 눌렀다. 냉장고와 심장이 쿵쾅거렸다. 냉장고와 부딪힌 부위가 빨강 물감을 찍어 바른 것처럼 달아올랐다. 더 지나자, 벌에 쏘인 것처럼 띵띵 부어버렸다. 냉장고는 실로 튼튼했다. 하얀 모습 그대로 어디 붓지도 않고 찌그러지지도 않았다. 발길질에 밀려 아주 살짝 삐딱하게 서 있을 뿐이었다. 눈은 다시 간이탁자로 간다. 차마 냉장고에 넣을 수 없었던 마지막 소설. <무지개떡>의 원고가 있었다. 그는 생각했다. 소설다운 소설을 썼더라면…

다시 냉장고의 문을 열었다. 안에 있던 모든 걸 꺼내기 시작했다. 어머니의 김치통, 밀키스 캔, A4 종잇값 12,000원. 그것들을 전부 꺼내 바닥에 내려놓았다. 쭈그리고 앉아서 냉장고 안에 있는 플라스틱 선반들을 뜯어내기 시작했다. 냉장고 안에는 이제 아무것도 들어 있지 않았다. 그 안에 얼굴을 들이밀었다. 허연 불빛만이 얼굴을 비추고 있었다. 그 불빛에 점점, 점점 더 다가갔다. 하얗게 감싸진 얼굴엔 울음도, 웃음도, 불안함도 없다. 그는 아무런 사람도 아니었고

툭.

냉장고가 닫혔다.

달에서도 안녕

꿈을 꿀 때만큼이나 사람이 순수할 때가 없다. 두진은 잘 지은 집으로 물드는 햇살에 눈을 뜨며 테라스로 갔다. 손에는 시원한 맥주를 들고 집 앞에 있는 멋진 스포츠카를 내려다봤다. 토요일을 기다리는 로또 복권이 그의 지갑에 예쁘게 들어가 있었다. 마침내 토요일이 되었을 때, 당첨 번호를 확인하자마자 그 뽀얀 종이를 꿈과 함께 갈라버렸다. 5,000원도 못 건진 거다. 24평짜리 아파트로 돌아왔다.

"오셨어요?"

아들이 쓱 보더니 방문을 닫아버렸다. 그려, 라고 말한 걸 아들이 들었는지 어쨌는지는 모른다. 어이고오… 땀내 나는 작업복을 방바닥에 벗어 놓고 화장실에 들어갔다. 어른 하나가 들어가기엔 작은 욕조 안에 서서 수도를 틀었다. 한 번 물을 쫙 끼얹고 머리를 감으려다 느닷없이 화장실 밖으로 고개를 내밀었다. 아들을 불렀다. 방 안에서 소리가 잘 안 들리는지 항상 두세 번은 불러야 대답이 왔다.

"수건 없다."

시퍼런 수건 한 장을 내놓고 아들은 사라졌다. 파란 휴지 줄까, 하는 귀신 이야기가 떠올라 혼자 킬킬거렸다. 샤워기가 뿜는 물줄기를 온통 얼굴에 받아내면서부턴, 물소리만이 화장실을 가득 채웠다.

"뭐가 샴푸냐."

"왼쪽에 있는 거요."

"왼쪽이 어디 왼쪽이여."

"욕조에서 보면 왼쪽에 있잖아요. 영어로 쓰여 있는데."

"읽을 줄 몰러서 그런다."

아버지한테 샴푸가 어디 있는지 가르쳐줄 때만 해도, 두진은 몇몇 교수에게 형편없다고 평가할 정도로 지식인이라는 자부심이 있었다. 그런데 웬걸, 그 역시 학년이 올라갈수록 취직에 바들바들 떠는 여느 겁쟁이에 불과했다. 본인만큼은 취직에 걱정할 필요 없다는 자만도 몽상가였을 때의 일이다. 꿈이란 언젠가 깨기 마련이고, 잡아먹으려고 기어 오는 현실의 아가리에 꿈을 던져넣을 순 없는 노릇이었다. 꿈은 꿈을 먹고, 현실은 현실을 먹고 산다. 둘은 식성이 다르다.

나름대로 졸업하기 전에 엑셀이다 뭐다 예비 취업준비생

의 자세를 보이긴 했지만, 그런 것들을 써먹은 적은 한 번도 없었다. 방학 때 도배 알바를 하다가 이런 삶도 나쁘진 않겠다고 느낀 것이다. 졸업하자마자 취직도 안 되고, 일단 들어간 것이 벌써 20년도 넘었다.

"자격증이나 따라."

라며 밥 한술을 입에 툭 집어넣었다.

"무슨 자격증이요?"

아들의 얼굴은 국그릇 안으로 빨려 들어갔다.

"그걸 내가 아냐."

두진의 언성은 한 폭 뛰어 올랐다. 신경질 부리는 게 아닌 버릇된 말투였다.

"왜 자꾸 자격증 따라는 소리예요?"

아들도 그걸 알고 있었지만, 같은 소리를 두세 번씩이나 들으니 그냥 넘어가지 못했다. 아들의 반응에 입에 들어가려던 숟가락이 그대로 둥둥 떠 있었다.

"대충 사는 것도 아니고 열심히 학교 다니는 사람한테 왜 뭐라 해요. 학과 수석이라고요. 장학금 타려고 기를 쓰고 공부하는 것도 벅차요. 저도 하고 싶은 게 있다고요. 하고 싶은 게 따로 있는데 왜 자꾸 자격증 따라는 소리를 하는 거예요?"

휴… 아들은 밥을 다 먹었는지 곧바로 밥상을 떠났다. 말 없이 밥그릇에 들러붙은 밥풀때기를 긁어댔다. 무서워서 말도 못하겠구먼. 되려 성을 내는 아들에게 더 이상 입을 열지 못했다.

아들과의 사이가 이런 게 하루 이틀인 건 아니다. 도배꾼이 된 그 이십몇 년 사이, 그가 아내를 만나고 아들을 낳고, 아내가 이혼하자며 집안에서 난리를 치는 날이 많아지던 그때부터였다. 아들은 자연스럽게 제 어미의 편이 되어 아비를 적대시했다. 따지고 보면 집안을 어지럽힌 건 남편인 두진보다 아내였다. 두진은 정말로 집안을 어지럽힌 적이 없었다. 그렇다면 아들은 어째서 아내의 편이 되었을까? 과연 두진은 집에서 아무것도 안 했기 때문이다.

결혼하기 전에 아내와 그는 서로 사는 모습이 정반대였다. 아내는 일찍이 독립해서 긴 자취 생활을 보냈고, 두진은 결혼하기 전까지 부모님과 함께 살고 있었다. 자취방의 집안일을 모조리 혼자 해낸 아내와 달리, 두진은 어머니가 주로 도맡아 하는 집안일을 가끔 돕는 게 전부였다. 돈만 벌어오면 장땡인 줄 알던 아버지가 손에 물 한 방울 안 묻히는 걸 보면서, 이다음에 결혼하면 저러진 말아야지… 했었어도 집안일을 버릇 들이지 못한 탓이었다. 피곤해… 라며 집에 돌아오면 냅다 드러눕는 게 일상이었다. 그러면 그때마다 아내는 꼭,

"자기만 일해?"

아버지를 보며 했던 생각이 부메랑처럼 날아오는 것이었다. 양심에 찔리는 것도 결국에는 무뎌지는 법이다. 한두 번

은 어기적대며 시늉이라도 했지만, 그다음은 귀찮아질 뿐이었다. 아들은 어려서부터 그걸 모두 지켜보고 있었고, 그를 원흉으로 여기고 있었다. 그런데도 이혼한 뒤에 아들이 그와 살고 있었던 것은, 한사코 아내와 살겠다는 것을 아내가 기를 쓰며 말렸기 때문이다. 두진은 본인의 수입이 확실히 아들을 기르는 데에 문제없기 때문이라고 생각했지만, 사실은 아내와 살게 된 아들이 제 아비와 똑같이 쓰레기가 될까 봐 내려진 처사였다.

열정이란 것이 그를 떠나간 게 잇따른 실패의 역사 때문만은 아니지만, 어찌 됐든 별안간 속에서 다시 뭔가가 꿈틀거릴 만한 일이 나타났다. 아들과 다투고 며칠 뒤였다. 바깥에서 어느 노인의 손에 쥐어진 신문에 자꾸만 눈이 갔다. 당연히 신문을 보는 취미는 없었다. 범죄 현장이라도 본 듯, 선 자리에 멈춰 노인이 보고 있는 신문의 반대편을 뚫어져라 쳐다봤다. 거기에 광고 하나가 있었다.

'국가대표 도배 기술자 선발.'

무슨 지랄 같은 말인지, 정말로 광고가 맞나 싶어 멀찍이서 지켜보다가 답답한 마음에 노인에게 다가갔다. 노인은 뭐 재밌는 게 거기 들어 있는지 그가 다가와도 눈길 한번 주지 않았다. 두진은 도서관에서 잠이 든 사서를 깨우는 것처럼 말을 걸었다.

"저…"

온 힘을 다해 말을 꺼냈지만 볼멘소리였다. 몇 번 해봐도 반응이 없어 주머니에 손을 넣고 그 앞에서 바람 인형 같은 몸짓을 보였다. 노인이 결국 그에게로 눈을 돌렸다.

"뭐요?"

줄이 달린 돋보기안경을 벗어 한 손에 들고 두진에게 물었다. 눈을 치켜뜨며 이마의 주름이 졌다. 평소 같지 않은 일에 노인도 수상한 낌새를 느끼긴 했지만, 그를 경계하진 않았다. 그의 잡일꾼 같은 행색 때문일지도 몰랐다. 그는 반대쪽 지면에 있는 광고 얘기를 하면서 아이 같은 눈빛을 보였다. 노인은 내키진 않으면서도, 나이 꽤 먹은 듯한 사내가 무슨 일로 이리 부산을 떠는지 궁금했다. 신문을 뒤집어 보니 노인도 아까 황당해했던 그 광고였다. 노인이 신문을 건네자, 그는 얼굴을 바짝 대고 광고를 읽기 시작했다.

터무니없는 말뿐이었다. 전 세계 열두 국가에서 국가대표 도배꾼을 선발. 그 이유가 뭔가 하니, 세계의 전력난을 조금이라도 모면하기 위해 달을 하얗게 칠한다는 거다. 밤에 달이 더 밝게 빛나면 전력난을 줄일 수 있다고⋯ 지랄도 이런⋯ 열두 명의 도배꾼이 달에 가는 기간은 한 달. 그 옆에 적힌 숫자에 두진은 또 말도 안 된다는 마음이 들었다.

3,000만 원.

달을 한 번 밟으면 우리나라 돈으로 3,000만 원을 준다고 적혀 있었다. 얼른 눈을 내리깔았다. 선발 지원 조건을 확인했다. 경력 이십 년 이상… 만 육십 세 미만… 노인에게 신문을 얼른 돌려주고 집에 갔다.

"오셨어요?"

아들은 다름없이 쓱 보고 방문을 닫으려 했다. 두진이 방으로 다가오려는 낌새를 보이자, 아들은 손을 멈췄다.

"뭐하냐?"

"강의 들어요."

"인터넷 좀 들어가 봐라."

"강의 듣는다니까요."

"좀 이따 들으면 안 되는 거냐?"

컴퓨터 만지는 것쯤이야 대학을 나온 그가 못할 리는 없지만, 아들 방에 한 대 있는 게 전부였다. 아들은 요새 학교도 안 다니면서 강의를 듣는다고 방에서 잘 나오지도 않았다. 아들이 한가해 보이기만 했다.

"…실시간이에요."

알았다고 하며 그는 씻으러 들어갔다.

"밥 먹고 할게요."

3,000만 원… 3,000만 원… 샤워기에서 튀는 물줄기에 돈 냄새가 나는 것 같았다. 벌써 국가대표가 된 상상을 했다. 이십 년 이상에 육십 세 미만… 심히 의심스럽긴 해도 사

람을 가려내기에 엉터리는 아니었다. 지원할 수 있는 사람도 많지 않을 거다. 물론 가라를 쳐서 경력을 속일 수 있을지언정 이 바닥에서 실력을 속일 순 없을 테다. 더군다나 페인트칠로 롤러를 굴리는 일이라면 달에서라도 문제없을 거라 자신했다. 문제는 광고에 적힌 구비서류였다. 도배꾼을 선발하는 일에 가족관계증명서와 주민등록 등본이 왜 필요한가. 딸린 식구가 많을수록 유리하나? 하긴 한 달 보내는데 3,000만 원을 준다는 건 터무니없을 정도로 많았다. 무척이나 불리해졌다. 부모는 이미 떠나보낸 지 오래였고, 함께 사는 가족이라곤 아들 하나가 다였다. 샤워를 마치고 개운했던 몸이, 물기가 떨어지는 축축한 몸이라는 걸 체감했다. 얼른 수건으로 닦고 화장실을 나왔다.

"소주 있냐?"

밥상 앞에 앉아 수저를 들지 않고 기다렸다. 아들은 소주병과 물컵을 하나씩 들고 오며,

"컴퓨터는 갑자기 왜 쓰시려는 거예요?"

두진은 그걸 받아 한 잔 가득 따르고는,

"국가대표 나간다."

"무슨 국가대표요?"

아들은 그가 방에 들이댈 때보다 더 놀란 얼굴을 했다. 며칠 전에 그렇게 다투고도 방에 들이닥친 두진의 뻔뻔스러움은 머릿속을 떠났다. 입에는 아내가 보낸 파김치가 서걱거

리고 있었다.

"도배쟁이 국가대표를 뽑는댄다. 살다살다 별…"

두진은 말하면서도 어처구니가 없어 웃었다.

"국가대표는 왜요?"

"달에 보낸댜."

아들도 기어코 헛웃음을 보였다.

"도배하는 아저씨들끼리요?"

"그려."

"얼마 준대요?"

"3,000만 원이나 준댄다. 한 달 갔다 오면."

아들의 낯빛에 어딘지 모르게 서늘한 기운이 돌았다.

"시험도 봐야 해요? 언제 보러 가요?"

"모레. 서울서."

창문을 열면 "야, 나도 나도!" 하며 뛰어다니는 꼬맹이들처럼 아침햇살이 쏟아졌다. 그러면 두진은 징그러운 듯 얼굴을 잔뜩 구기고 집을 나섰다. 뭔 아침 댓바람부터… 팔자에도 없는 서울행에 짜증만 돋았다. 그나마 구비서류 따위는 아들에게 시켜 시간을 덜었다. 동네로 나와 역으로 가는 버스를 기다렸다. 아직 5월인데도 여름같이 날이 더웠다. 출근 시간은 진즉에 지나서 거리를 나선 사람들은 별로 안 됐다. 대충 역에 갈 수 있는 버스를 잡아탔다. 국가대표를 나간다는 건 어제 동료들한테 이야기하긴 했어도, 이렇게 막상 출근을 안 해도 아무 일도 없으니 섭섭함이 자라났다. 버스에 오를 때까지 그가 들은 말은 "다녀오세요."라고 아들에게 들은 게 전부였다. 하긴… 죄다 자기 살림에 바쁘지. 동료들도 오늘은 그의 몫까지 하느라 몸이 더 바쁠 게 분명했다. 맨 뒤 좌석에 앉은 그는 버스가 방향을 틀 때마다 주머니에 손을 넣은 채로 몸을 이리저리 흔들었다. 어느새 지하차도를 지나 내려야 할 정류장이 가까워지려 했을 때, 옆자리에서 뭔가가 눈에 띄었다.

'이쁘네…'

큐빅 장식이 달린 검은 지갑이 좌석 위에 덩그러니 남아 있었다. 그걸 보고 아주 잠깐, 마음속에서 주인을 찾아줄까, 하는 생각이 들었지만, 휙 접어버렸다. 이대로 쭉 가면 기사님이 찾아주겠지… 종일 지갑 없이 돌아다닐 주인을 생각하면 불쌍한 마음이 들기도 했다. 그래도 국가대표 시험을 보러 가는 길에 시간 낭비를 할 순 없었다. 시간이라면 시험 장소에 도착해도 여유로울 정도였지만 도착하기 전까진 안심하지 못하는 성격이었다. 괜히 지갑을 찾아주다가 안절부절 못할 바에야 마음 편히 가는 게 좋았다. 어차피 누가 알아주지도 않는 거.

버스가 지하차도를 다 벗어날 때쯤 갑자기 위험한 기분이 들었다. 만약 이 지갑을 찾아주는 일이 국가대표 시험과 상

50

관있는 거라면? 그가 생각하기에도, 경력과 나이를 기준으로 두고 선발한다는 게 인제 보니 말도 안 되는 일이었다. 결국에 그건 껍데기에 불과했고, 이런 숨겨진 시험이 정말로 국가대표를 선발하기 위한 관문이었다! 국가대표 선발을 맡고 있는 협회에서 지원자들의 소재를 파악해 두고 이런 치사한 수법을 동원해 놓았던 거다. 두진은 비로소 지갑을 찾아주리라 마음을 먹었다. 연락처라도 알 수 있을까 싶어 그 안을 뒤적거렸다.

무슨 지갑에 민증 하나 없어⋯ 신용카드처럼 보이는 번쩍한 것 하나랑 카페 쿠폰 몇 장 말고는 쓸 만한 게 보이지 않았다. 지갑이나 카드 생김새로 보아하니 나이 어린 사람인 듯한데, 현금은 또 17만 원씩이나 들어 있었다. 곤란도 하겠다⋯ 주인에 대해 알아볼 만한 건 그게 전부였다. 흔들어 보니까 짤랑거리는 소리가 나서 동전도 몇 개 들어 있나 싶어 손가락으로 지갑 가장 안쪽을 쑤셔댔다. 이게 뭐야?

중학교 학생증이었다. 보이지도 않는 구석에 처박아 놓은 걸 보니 중학생이었던 건 꽤 오래전 일인가 싶다. 여기까지 왔으니, 파출소에 맡겨주는 건 불가피했다. 버스에서 내려 육교를 건너 건너편에 있는 파출소에 다다랐다.

"사례금을 받으실 수 있어요."

파출소 순경이 하는 말은 다 흘려 버리고 그것만 들었다. 에잇 이까짓 푼돈⋯ 서류에 사례금을 받을 거냐고 묻는 문항에 가위표를 휘갈겼다. 돈 하니까 그제야 머릿속에서 3,000만 원이 다시 떠올랐다. 참, 안 늦었겠지? 순경의 머리 너머에 있는 시계를 보니 선발 시험까지는 한참 멀었다. 부랴부랴 일찍 나선 덕이다. 파출소 유리문을 지나면서 시원하고 짜릿한 기분을 느꼈다. 머리 위에 내려앉는 햇살이 포근하기 그지없었다. 예선 통과다 이놈들아.

"독거노인 실태조사 한 번만 부탁드릴게요."

아, 바빠서요… 역 입구에 서 있는 사람들에게 손사래를 치면서 또 얼른 지하철을 타러 갔다. 한 5분 기다리니까 1호선 열차가 역에 왔다. 열차는 퍼런 털이 보송보송한 의자가 한눈에 훤히 들어올 정도로 한산했다. 서울역까지 가려면 열 정거장은 더 가야 하니 눈 좀 붙이려 했다. 팔짱을 끼고 석고상 같은 얼굴을 한 채 자는 시늉을 하고 있었다. 두세 정거장이 지났을 때쯤, 열차 칸 사이를 잇는 문을 열고 한 사내가 나타났다.

"껌 한 통만 도와주세요."

되풀이되는 그 말 사이에 들리는 얕은 신음에 눈을 번쩍 떴다. 긴 머리를 뒤로 묶은 사내는 무슨 사연인지 한쪽 발이 안쪽으로 꺾인 채 뒤뚱거리고 있었다. 두진은 그 사내를 알고 있었다. 몇 년 전 어느 여름날의 일이다. 아내의 성화에 못 이겨 서울에서 무슨 뮤지컬을 보러 갔었다. 기대에 잔뜩 부푼 아내가 아들에게 떠들어대고 있을 때 혼자만 팔짱을 끼고 잠이 들려던 참이었다. 그날도 똑같이 열차 칸 사이의 문이 열리며 그 사내가 나타났다.

어딘지 모르게 장난꾸러기 같은 목소리를 가진 사내는 열차를 메운 사람들에게 인사를 하고 반대쪽 문을 향해 뒤뚱거렸다. 바깥에서 지하철을 기다리느라 등에 적잖이 땀이 배 짜증이 났어도 두진은 사내에게 눈을 떼지 못했다. 이얏… 이얏… 신음을 내던 사내는 지쳤는지 출입문 옆에 달린 철봉을 잡고 쉬는 거다. 한낱 사물로 여겨졌던 사내가 비로소 사람으로 보였다. 차갑게 식은 돼지기름을 씹는 기분이었다. 조용한 열차를 메우는 저 신음과, 팔리지도 않는 껌통을 들썩거리는 저 손. 도움이란 건 절대 구할 수 없는 이곳에서 그러고 있는 사내의 삶이 참을 수 없었다. 뮤지컬이든 뭐든 그날 본 것들은 온통 그 사내로 뒤덮였다.

그 뒤로 몇 년이 지난 지금, 짧은 머리였던 사내가 장발이 된 머리를 뒤로 묶고 눈앞에 다시 나타났다. 사내는 이번엔 철봉에 멈춰 쉬지 않고 곧바로 다음 칸으로 건너갔다. 두진은 사내의 그 장발이 머릿속에서 떠나지 않았다. 머리를 자를 돈이 없어 장발인 채로 두는 노숙자들과 다름없었다. 이 지하철에서 열심히 몸을 움직이는 건 그 사내뿐이지만, 그 움직임이 가장 나약한 인간이라는 걸 증명하는 셈이었다. 두진은 아까같이 또 국가대표 선발 시험과 상관있는 것이라는 생각은 추호도 없었다. 협회에서 저런 사람에게 관심을 줄 리 없었다. 아마도 몇 년 뒤에 우연히 지하철을 타게 되면, 머리가 더 길어진 사내를 보게 되리라 생각했다.

서울역에 내렸을 때는 정오가 다 됐다. 선발 시험까지는 대충 한 시간 정도 남은 셈이었다. 두진은 곧바로 시험장 쪽으로 걸어갔다. 사람이 별로 모이지도 않을 거로 생각했는지 협회에서도 시험장의 구색만 갖춰놓기만 한 것 같았다. 바로 옆에 번쩍한 백화점 건물이 있으니, 시험장으로 지정된 허름한 붉은 벽돌 건물은 그야말로 거대한 똥통 같았다. 배는 채워야겠으니, 근처에 국숫집에 들렀는데 웬 염병… 사람은 또 왜 이렇게 미어터지는지. 꼬락서니들을 보아하니 국가대표 시험을 보러온 게 분명했다. 새파랗게 보이는 삼사십 대들도 여럿 있었다. 그저 3,000만 원에 눈이 돌아가서는… 선발 기준에 맞지도 않으면서 일단 머리부터 박아보려는 놈들이 파다했다. 순간 초조한 마음이 들어 경력 심사가 엉터리라면 어쩌나 생각했다. 나는 지갑을 찾아줬으니까… 괜스레 되뇌었다. 국수가 나오자, 면발 위에 얹어진 어묵을 뭉텅이로 입에 넣어버렸다.

그렇게 국수를 몇 젓가락 건져 먹고 있는데, 두 식탁 너머로 머리가 조금 희끗한 양반이 소주 한 병을 딱 시키는 게 보였다. 오십 대 중반인 그보다 많아 봤자 한두 살 정도였을 거다. 안 그래도 국물을 들이켜자마자 버릇처럼 소주 생각이 나긴 했는데, 선발 시험 탓에 엄두도 못 내고 있었다. 저

형씨가 콜콜콜 술을 따르는 모습에 에라 모르겠다며 따라시켰다. 그려… 짬밥은 허투루 먹나. 그러고는 또, 나는 지갑을 찾아줬으니까… 떠올렸다.

시험까지 10분 정도 남은 때, 두진은 시험장 바깥으로도 줄지은 행렬에 입을 떡 벌렸다. 그것도 일순간일 뿐, 순 사기꾼 같은 놈들밖에 없는 게 뻔히 보였다. 절반은 생판 벽지 바르는 풀이나 롤러 같은 건 만져보지도 못한 사람들 같았다. 에라이 이놈들아, 3,000만 원을 거저 줄 것 같으냐. 킬킬거리며 시험 순서를 기다렸다. 순서가 거의 끄트머리에 있다 보니 그가 처음 있던 곳은 건물 바깥이었다. 시간이 조금 지나면서 앞사람이 한둘씩 안으로 들어가더니, 곧이어 시험을 본 사람들이 위에서 내려오고 있었다. 뭐 감시하는 사람이 있는 것도 아니고 시험으로 뭘 보는지 물어보고 싶었지만, 밖에선 도통 말주변이 없었던 두진은 그만두고 말았다. 그러고 가만히 기다리려는데, 그의 뒤에 있던 어느 사내가 시험을 마치고 내려오는 도배꾼에게 말을 걸었다.

"뭐 물어보던가요?"

말을 받은 도배꾼은 그들을 지나치려다 말고,

"별 쓸데없는 거 물어봅디다. 척 보기에도 나이 들어서 그러나…"

도배꾼은 터덜터덜 계단을 내려갔다. 아까 국숫집에서 본 그 양반이었다. 그는 결과를 짐작한 듯한 표정을 보였다. 두진은 내심 서울 올 일 있다고 머리 염색을 한 걸 다행으로 여겼다. 그러다 곧 젊은 사람들이 눈앞에만 한 열댓 명 보이자, 눈을 내리깔았다. 사람이 워낙 바글바글해 차례가 오는 것도 두세 시간이 걸렸다. 시간이 지나고 보니 뒤에서 기다리던 몇 안 되는 사람이 그만두고 가버렸단 걸 알았다. 그가 국가대표 선발 시험의 마지막 주자였다. 시험장 안엔 심사위원 세 명이 출입구를 마주 보는 테이블에 떡 하니 앉아 있었다. 삼백 명 가까이 되는 사람들을 상대하느라 표정들은 말라비틀어진 미역 같았다.

"제일 마지막이네요."

그중 하나가 두진이 들어오자마자 소리 없는 하품을 했다.

"오다가 지갑을 찾아주느라고요."

라면서 두진은 심사위원들의 반응을 기다리느라 입술을 깨물었다. 그들의 표정은 바뀌지 않았다.

"그러세요."

다른 참가자와 마찬가지로 형식적인 질문이 오갔다. 나이는 어떻게… 그러면 경력은… 경력은 그렇다 쳐도 나이 같은 건 가져오라던 등본 따위를 보면 대번에 알 수 있는 걸 물어보는 것이었다. 확 성질이 나려다가 설마 이런 반응조차도 선발 기준에 포함되는 것이 아닌가, 하는 기분이 목덜미를 타고 내려갔다. 뻣뻣하게 된 몸짓으로 시험장 한가운데에 놓인 하얀 페인트통과 롤러에 다가갔다. 그 곁에는 페인트칠해 보라고 둔 넓은 전지가 있었는데, 첫 참가자부터 두진의 차례가 올 때까지 단 한 번도 갈아치우질 않았다. 축축하다 못해 바닥에 척 달라붙을 지경이었다.

"어디 아프신 데는 없으시죠?"

심사위원의 말에 두진은 입술에 침을 바르고는 꾹 다물어 버렸다. 심사위원들은 마무리를 지으려는 듯싶었다. 아무것도 그의 뜻대로 된 게 없었다. 입으로 말한 나이와 도배꾼 경력 숫자 말고는 여느 참가자들과 다를 바 없었다. 안 돼… 다 끝나버렸다는 걸 알고 있어도 도저히 그대로 시험장을 나설 수 없었다.

"마지막으로 하고 싶은 말 있으세요? 마지막 참가자신데."

두진은 심사 결과를 완전히 바꿔줄 말을 떠올리려고 진땀을 뺏다. 그를 반드시 국가대표로 만들어 줄 무언가가 필요했다. 시험장에 올 때까지 확신했던 것도 다 무용지물이었다는 걸 알았다. 하지만 달리할 수 있는 말이 없었다. 그는 일찍부터 도배꾼을 시작해 오랫동안 자리를 지킨 여느 베테랑 도배꾼들과 다를 바가 하나도 없었다. 그 삼백몇 명 중에 절반이라고 쳐도 백오십 정도 되는 아무개일 뿐이었다.

"지갑을 찾아줬습니다… 오는 길에…"

심사가 끝났고 나왔을 땐, 다 타버린 연탄재 같은 누런빛이 저녁 하늘을 덮고 있었다. 집으로 돌아가는 열차에 올라서도 쭉 심사위원의 대답을 떠올렸다.

"좋은 일 하셨네요."

기상천외한 심사 방법이라고 확신했던 건, 분실물 신고라는 진부하기 그지없는 해프닝에 지나지 않았다. 좋은 일… 순전히 3,000만 원을 위해 움직였던 일이 오히려 다른 사람 눈에 좋은 일로 미화된다는 게 씁쓸했다. 내일부터면 지긋지긋한 일상이 다시 시작된다. 달을 칠한다는 꿈 같은 일도, 3,000만 원을 따겠다는 열정도 이젠 없다. 달고 사는 건 자식과 그림자가 전부인 아저씨로 돌아갔다.

"오셨어요?"

홀로 남았던 아들은 저녁 끼니를 때우고 있었다. 아내의 그 파김치, 성의 없이 부쳐 놓은 계란 후라이. 두진이 밥상에 앉는 게 아니라면 아들의 반찬은 그 정도에 그쳤다. 특별히 누굴 만나는 일이 아니면 입을 일이 없었던 남방과 바지를 한쪽에 벗어 던지고 화장실로 갔다.

"시험은 잘 보셨어요?"

아들이 묻는 데에 대충 얼버무려 버리고는 샤워기를 틀었다. 에이씨… 달을 칠하긴… 벅벅 얼굴을 닦았다. 다 씻고 나오니 고소한 식용유 냄새가 났다. 펴진 채로 놔둔 밥상 앞에 앉으니, 아들이 접시 하나를 내왔다. 또 계란 후라이였다.

"소주 있냐?"

한동안 아들이 자리에 앉질 않더니 물병만 덩그러니 들고 왔다.

"다 먹어서 없는데요."

그러자 숟가락으로 밥을 혹 찌르고는,

"사다 놔."

입으로는 우물거리며 코로 깊은숨을 뿜어댔다. 되는 일이
하나도 없었다.

"달엔 언제 간대요?"

아들은 발뒤꿈치를 물끄러미 보면서 간지럽지도 않은 것
을 문질러댔다.

"갈 일 없을 거다."

"떨어진 거예요?"

"몰러."

국가대표 선발 심사가 끝난 지 일주일 정도 뒤였다. 아침부
터 좀 속이 안 좋다 싶더니 일터로 와서도 배가 꾸르륵거리
는 게 멈추지 않았다. 영화 세트장에 우마 사다리를 놓고 벽
지를 바르려다 화장실로 발걸음을 옮겼다. 뱃속에서 지진이
일어난 것 같았다. 곧 뒤꽁무니로 엄청난 것이 폭발할지도
몰랐다. 힘을 꽉 주고 최대한 빠른 속도로 걸었다. 뛸 수는 없
으니, 죽상을 하고 빨빨거리며 걸을 뿐이었다. 그러고는 좌변
기 위에서 무사히 쏟아내고는 이런 생각이 드는 거다.

살면서 죽을힘을 다했던 건, 똥을 참는 것뿐이었나.

손을 박박 씻고 나오다가 화장실을 마주 보고 있는 비상
계단이 보였다. 비상구 표시 그림을 봤다. 화장실에 들어서
기 전에도 방향을 헷갈려 아주 잠깐 보긴 했었다. 한바탕 생
쇼를 하고 다시 보니 이상한 기분이 들었다. 비상구 표시에
그려진 초록 인간은 어딘가로 달려가는 몸짓이다. 그런데
사람은 태어난 순간부터 저렇게 계속 몸을 움직여야 하지
않은가. 어쩌면 나는 늘 비상사태에 있는 게 아닐까… 그 장
발의 사내처럼…

다시 작업하러 가는 길에 전화가 왔다. 손에 남은 물기를
바지춤에 쓱쓱 문지르고는,

"여보세요?"

걸음을 멈추고 전화 너머로 날아오는 목소리를 고분고분
들었다. 한동안 그렇게 듣고 있다가 어느 대목에서 왁, 하고
정신이 번쩍 들었다.

"예, 알겠습니다…"

입이 귀에 걸린 그와는 달리 저녁 밥상에 마주 앉은 아들
은 생각이 많아 보이는 얼굴이었다.

"너 뭐 살 거 없냐."

"없어요."

"카드 두고 갈 테니까 살 거 있으면 사라. 한 달 내내 시켜 먹어도 남아돈다 야."

"됐어요."

아들은 파김치를 씹으며 헛웃음을 보였다.

"혼자 있다고 집에 여자 데려오지 말고."

"…여자는 무슨."

저녁을 먹고 나서 아들은 반찬 뚜껑을 덮었다. 냉장고에 파김치 통을 넣어두고는 한동안 물끄러미 바라봤다. 부엌에 불을 켜놓지 않아 냉장고 불빛이 아들의 낯빛을 허옇게 물들였다. 두진이 여행 가방에 짐을 싸는 동안에도 아들은 방문을 닫고 조용했다. 애비가 집을 나간다는데도… 두진은 아들의 무뚝뚝함을 제 탓으로 돌렸다. 돈 벌어다 줘봤자 뭐 하나…

대학생 시절 어머니와 거리를 걷던 때가 떠올랐다. 그날은 시골 할머니 댁에 김장하러 갔다가 단둘이 돌아오는 길이었다. 어머니는 돈 버는 것도 죽겠는데 김장까지 하는 것에 넌덜머리가 났다. 김치 따위야 이제는 사 먹으면 그만이었지만, 할머니의 고집 때문에 어쩔 수 없는 노릇이었다. 할머니에겐 살림을 깨끗하게 하는 재주도 없었다. 널따란 할머니 댁을 청소하는 것도 며느리들의 몫이었다. 맏며느리였던 어머니는 그걸 제일 많이 짊어졌었다. 오래 걸어서 발이 아팠는지 뒤뚱뒤뚱하며 어머니는 이렇게 말했다.

"집에서 노는 것도 아니고 허구한 날 시골에 어떻게 내려가냐고…"

차 한 대가 뒤에서 오자 두진은 어머니의 뒤에서 걸었다. 어머니는 아들이 뒤에 있는 걸 쓱 보더니 다시 뒤뚱뒤뚱 걸으며,

"느이 엄마 아빠가 제일 불쌍해. 효도 해야 되고 효도 못 받고."

드디어 달로 떠나는 날이 됐다. 생전 팔자에도 없던 여권을 만들어 미국 땅을 밟았다. 우주선을 볼 때까지 입이 근질거려 미칠 지경이었다. 하기야 영어도 제대로 못 하니 말동무라곤 그를 맡고 있는 진행요원뿐이라 그렇기도 했지만, 이런 터무니없는 국가대표 선발에 본인이 뽑힌 이유가 궁금했다. 참는 데까지 참아보다가 웅장한 우주선 발사대를 보자마자 벅찬 감동에 입이 터져버렸다.

"제, 제가 뽑힌 게 뭐 때문이죠?"

"네?"

진행요원은 그전까지 운전하느라 앞만 보다가, 그동안 말 한마디 안 들리던 조수석을 놀란 눈치로 보았다.

"진짜로 지갑 찾아준 게 한몫한 거죠?"

"무슨 소리세요?"

"지갑 찾아준 걸로 뽑힌 게 아니에요?"

"…추첨이었는데요."

차에서 내린 두진은 신나던 기분이 온데간데없었다. 고작 추첨 따위로… 믿을 거라곤 선발 기준뿐이었던 그는 퍽 실망하고 말았다. 국가대표라는 이름을 달고 있어도 허울뿐이었다. 뭐라도 되나 싶었지만, 우주선 발사대를 코앞에 두고도 아무것도 달라지지 않았다.

형편없는 수준이긴 해도 우주선 발사대 근처엔 국가대표 도배꾼들을 맞이하는 기자들의 인파가 있었다. 한국에서 파견된 특파원들이 두진을 알아보자마자 득달같이 달려들어 마이크를 들이밀었다. 두진은 그것이 무슨 바늘인 것처럼 목이 빠지도록 턱을 당기면서 걸었다.

"국가대표가 된 소감 한 말씀 해주세요!"

"아… 떨떠름합니다."

"카메라 보고 대답해 주세요."

"떨떠름하구요… 잘 모르겠네요."

두진은 이리저리 두리번거리며 자꾸만 발을 꼼지락거렸다.

"국가대표로 선발된 이유가 뭐라고 생각하시나요?"

두진은 침을 꼴깍 삼켰다.

"…실력 아닐까요?"

"남아있을 가족들에게 한 말씀 부탁드립니다!"

부탁이랄 건 아니지만, 그전에 가족이 있는지부터 묻는 게 먼저 아닌가. 아, 그런 거쯤은 이미 다 퍼졌으려나. 에둘러

쓸데없는 생각으로 머릿속을 채웠다. 하지만 자꾸만 솟아나는 생각을 더는 모르는 체할 수 없었다. 징그러운 마이크들 앞에서 계속 묵묵부답으로 있을 수도 없는 노릇이었다.

"아빠 돈 벌러 간다. 밥 잘 챙겨 먹고."

그래, 고작 한 달이야. 멀리 출장 간다고 생각하면 돼. 아들은 혼자서도 잘 있을 거다. 두진은 턱밑에서 끓어오르는 떨림을 꽉꽉 눌렀다. 꼭 이런 순간엔 모질 게 굴었던 일이 어디 숨어 있다가 이때다 싶어 들이닥친다. 그는 얼른 도망쳤다.

다른 열한 국가의 국가대표 도배꾼들과, 함께할 두 우주비행사가 모인 곳에는 또 웃지 못할 풍경이 벌어졌다. 언어의 장벽을 넘겠답시고 다들 서로의 우주복에 실시간 음성 번역기를 달아놓았는데, 다른 사람들의 말을 각자의 모국어로 바꿔서 들려주는 장치였다. 그것도 참 골 때리는 게, 무슨 다큐멘터리나 공영방송처럼 비속어는 죄다 '삐-'로 묵음 처리됐다.

"오, 삐-, 내가 우주복을 입다니. 진짜 삐-구나!"

러시아에서 온 도배꾼이 말했다. 이쪽도 노가다판이다 보니 감탄사란 감탄사는 오로지 쌍욕뿐이었다. 호탕한 웃음소리가 끊이질 않은 건 덤이었다. 눈에 들어오는 것은 우주선이니 우주복이니 하는, 생판 처음 보는 것들뿐이라 별수 없었다. 낯간지러운 분위기보다는 이런 게 나았다.

세간의 시큰둥한 주목을 받으며, 도배꾼들을 실은 우주선은 대기권을 뚫고 날아갔다. 우주비행사들 말로는 속도를 낸다면 더 빨리 갈 수 있지만, 안전을 위해 4일 정도 걸린다고 했다.

"삐-, 너희 나라는 왜 둘씩이나 왔니?"

아르헨티나 출신 도배꾼이 콩고민주공화국 도배꾼과 미국 도배꾼을 보며 말했다. 까무잡잡한 피부색을 보고 말한 거였다.

"삐-, 삐-, 삐-, 너는 원주민을 닮았구나."

미국 도배꾼이 받아쳤다. 한동안 우주선 안에서 삐- 소리가 가득했다. 처음에는 짜증스러운 목소리로 서로에게 욕을 해댔지만, 죄다 번역기가 삐돌려 버리니 결국엔 웃음을 터트렸다. 그들은 비로소 중지를 들어 올리는 것이 만국 공통어라는 걸 알게 됐다. 대답하기 귀찮은 건 모두 그걸로 통일됐다. 분위기가 험악해지는 걸 우려했던 우주비행사들도 얼마 지나지 않아 가담했다.

"한 달 만에 달을 칠하는 게 가능하니?"

아이슬란드 도배꾼이 우주비행사들에게 물었다.

"절대 불가능하다. 달의 면적이 약 11조 평인데, 우리가 밟을 수 있는 절반도 약 6조 평이다."

우주비행사 중 하나가 답했다.

"소용없는 일을 왜 하는 거니?"

사우디아라비아 도배꾼이 물었다.

"큰 코 석유는 알 수 없다."

중국에서 온 도배꾼이었다. 사우디 도배꾼은 중지를 들어 올렸다.

"무언가를 이루려고 하는 게 아니다. 함께하려는 것이다. 그게 목적이다."

또 다른 우주비행사가 답했다.

"내 목적은 이미 이뤘다. 3,000만 원. 삐- 좋다."

영국에서 온 도배꾼이 말했다. 두진은 창문으로 보이는 지구를 물끄러미 바라보았다.

열두 명의 도배꾼이 드디어 달을 밟게 됐다. 우주선에 내리자마자 도배꾼들은 하나같이 욕을 갈겨댔다. 미지의 세계와의 첫 대면은 그렇듯, 참을 수 없는 쾌감과 불길함을 동시에 안겨 줬다.

"와, 집이다!"

그들은 쭉 옆으로 늘어서서 멀리 지구를 바라보았다. 도배꾼들은 저마다 고향이 있는 대륙을 가리켰다. 가장 끝에 있는 북·남아메리카부터 시작해서 아시아 대륙까지 아름답게 펼쳐져 있었다. 번역기를 지나 웃음소리와 환호가 끊이질 않았다. 그런데 두진은 아무것도 하지 않았다. 지구를 구경하느라 바쁜 무리에서 혼자만 뒤로 빠져 멀뚱멀뚱 서 있었다. 우주복의 까만 헬멧에 가려 그의 표정은 보이지 않았다.

"무슨 일이니?"

우주비행사 한 명이 그를 알아채고 둥실둥실 다가왔다.

"…없어."

두진은 말했다.

"뭐?"

"우리 아들이… 있어야 하는데…"

공전 주기 때문에 달에서는 지구가 아시아 대륙의 중간 정도까지만 보였다. 달에서는 한반도를 볼 수가 없었다. 두진은 그제야 자신이 달의 온 이유를 깨달았다. 달을 하얗게 칠한다는 터무니없는 일에 어째서 가슴이 뛰었었는지를. 삶의 무가치를 철저하게 부정할 수 있는 무언가를 찾아 헤맸던 거다. 나의 삶이 정말로 가치 있는가. 그 물음에 당당하게 그렇다고 할 수 있는 무언가. 그까짓 돈 때문이 아니라 정말로 이곳에 와야 했던 이유가 있었다.

아들을 위해 살고 있었다. 아들도 그를 위해 아등바등 살고 있었다. 기를 쓰고 장학금까지 타면서. 대학 시절 공부, 취직, 이혼… 그런 실패는 아무래도 좋았다. 그에게는 돌아갈 곳이 있었다. 지금은 보이지 않는 그 어디에, 돌아가면 맞이해 줄 유일한 사람이 있었다. 그런 생각이 들자 한동안 지구에서 눈을 뗄 수 없었다.

다른 도배꾼들은 서로를 한 번씩 보더니 우주선으로 돌아갔다. 덩그러니 남은 우주비행사들과 두진은 어리둥절하며 그들이 움직이는 걸 지켜보기만 했다. 잠시 후에 그들은 특수제작된 하얀 페인트통과 롤러를 하나씩 들고나왔다. 무중력 상태인 달에서도 쓸 수 있는 페인트였다.

"기다려라."

도배꾼들은 우주선 근처에서 서로 널찍이 간격을 두고 자리를 잡았다.

"우리의 일이다."

그들은 새하얀 롤러를 페인트통에 담가 더 하얗게 물들였다. 그리곤 달의 표면에 붙이고 굴리기 시작했다. 두진은 가만히 지켜보고만 있었다. 자기를 빼놓고 갑자기 왜 일을 시작하는지 몰랐다. 그러나 금방 알 수 있었다. 까만 헬멧은 그의 웃음을 감췄다.

"너의 집."

도배꾼들이 그를 위해 달 위에 한반도를 그려준 거다. 두진은 엄지를 들어 올렸다.

한 달이 다 지나고, 다시 며칠이 지나 두진은 집으로 돌아왔다. 현관 앞에 서자 그리운 냄새가 났다. 도어락 다이얼을 누를 때마다 손가락이 점점 더 빨리 움직였다.

"오셨어요?"

아들이 방문에서 나와 맞이했다. 다시 방에 들어가지 않고 그대로 서 있었다.

"그랴."

"밥은요?"

두진의 입꼬리가 슬슬 올라갔다.

"먹어야지. 그럼 굶어?"

밥상을 펼친 아들은 냉장고에서 반찬을 하나씩 내왔다. 두진은 배고픈 걸 참지 못해 얼른 반찬 뚜껑을 열어댔다. 밥을 한술 떠 입에 넣고 젓가락으로 반찬을 골랐다. 그의 젓가락은 파김치 통 위에서 망설였다. 그러나 떠나지 않았다. 그동안은 손도 못 댔던 파김치 한 가닥을 집어 입에 넣었다. 떨리는 숨을 들이마셨다. 처음엔 매운맛에 눈 밑이 알알했다. 쌉싸름한 맛이 이어졌다. 뒤이어 오래도록 곱씹었을 때, 하얀 웃음이 지어질 만큼 달짝지근한 맛이 났다. 방에 들어가 있는 아들을 보았다. 방문이 열린 채로 있었다.

"소주 있냐?"

밸브

따지고 보니 그거 하나뿐이다. 오늘 중에 멀쩡히 해낸 일 말이다. 토라진 아이처럼 입술이 비죽 나온 가스 밸브를 돌렸다. 밸브는 문제없이 돌아갔다. 성인 남자의 힘으로는 당연한 일이다. 거기엔 어떠한 마찰도 저항도 없었다. 실제론 밸브가 돌아가면서 미미한 마찰력을 일으킨다. 또 가스관 내부 압력 때문에 저항도 아예 없지는 않다. 하지만 그가 느낄 정도는 아니었다. 역시나 아무렴 어떠냐는 듯 가스레인지 위에 납작한 프라이팬을 얹었다. 프라이팬 바닥은 표면이 오돌토돌했다. 꼭 시커먼 아스팔트를 공장 프레스 밑에 넣고 쾅 짜부라뜨린 것만 같았다. 틱틱틱틱. 스파크는 훅하고 바람 소리로 바뀌더니, 생크림 케이크에 딸기를 두르는 것처럼 푸르뎅뎅한 가스 불을, 납작하고 둥그런 화구 덮개 둘레에 빈자리 없이 늘어세웠다. 프라이팬 밑에서 펼쳐진 이 광경을 그는 소리로만 알아챘다. 잠시 온도가 올라가길 기다렸다.

할 일이 참 많구나.

그야말로 단꿈 같은 휴일이었다. 실컷 퍼질러 자도 좋은 날이다. 그러나 아침 여섯 시부터 일어났다. 여섯 시가 아침인지 새벽인지는 제대로 아는 사람이 아무도 없지만 하여간 일어나고 말았다. 중요한 약속이 있었다. 아주아주 중요한 약속이라 꿈속으로 달아나지도 못했다. 창을 열어 쉬어버리기 시작한 어젯밤 공기를 내쫓았다. 이불을 가로로 한 번, 세로로 한 번 접어 개어놓고 방을 나섰다. 베란다에 있는 세탁기 앞으로 가니 꽐라가 된 친구처럼 빨랫감을 토하는 빨래통이 반겨줬다. 한 주 내내 밀린 빨래를 가전제품에 떠맡기고 달아나듯 베란다에서 나왔다. 쉬고 싶었다. 그러나 해야 할 일이 있었다.

집 안에 한 주 치 먼지가 있었다. 이미 그의 몸에서 가출한 곱슬곱슬한 털들과 한마음 한뜻으로 사업을 점점 키우고 있었다. 다행히 그에겐 '플라스틱 코끼리'로 불리는 듬직한 친구가 있었다. 모터보트에 달린 모터의 시동을 사납게 걸듯이 청소기가 감춰놓은 코드를 당기고 당겼다. 마침내 만족스러운 길이가 됐을 때 그 친구에게 짜릿한 전기충격을 먹였다. 친구는 꾹 참았다. 가전제품이란 것들은 죄다 그랬다. 버튼을 누르기 전까진 껌뻑 죽은 척을 한다. 전원 불빛까지 켜놓고 말이다. 그는 친구를 깨웠다.

굉장한 데시벨과 함께 영원한 들숨이 시작됐다. 혼자 사는 집에서 가장 큰 목소리를 내는 건 한낱 가전제품이었다. 청소기는 먼지를 잘 먹어 치웠다. 그는 청소기 뒤를 졸졸 따라다니는 것 말고는 별 대단한 일을 하지 않았다. 실은 그랬다. 집에서 하는 일이라곤 그런 것들뿐이었다. 그래도 피곤했다. 하는 수 없이 아침을 거르고 잠깐 눈을 붙이기로 했다. 감긴 눈꺼풀 위로 형광등 불빛이 허옇게 퍼졌다. 그 하얀 것에 머릿속이 아득해지고 몸이 사르르 녹는가 싶더니 휴대폰이 서러운 비명을 질렀다. 뒤통수만 잠깐 닿은 것 같은데 빨래가 끝날 시간에 맞춰둔 알람이 울렸다. 한숨을 뱉었다. 그 한숨에 알람 소리가 확 꺼져버렸으면 좋겠다고 생각했다. 알람은 집요했다. 손으로 눌러주기 전까진 꽥꽥대는 소리를 절대 멈추지 않았다. 패배를 인정하며 탭아웃을 했다. 감쪽같이 집 안이 고요해졌다. 오늘은 휴일이다. 드러누운 채로 두 손에 얼굴을 묻었다. 입을 다문 채 애처로운 비명을 질렀다. 금세 고요해졌다.

찌뿌둥한 몸을 질질 끌며 다시 베란다로 갔다. 빨래통은 개운해 보였다. 세탁기 뚜껑을 열고 그 안으로 머리를 집어넣었다. 깨끗해진 빨랫감을 꺼내기 시작했다. 한 번에 다 들고 갈 수는 없었다. 반은 그대로 두고 무사히 꺼낸 것들은 건조대로 들고 갔다. 갈치처럼 은빛을 띠는 접이식 건조대였다. 건조대의 날개를 들어 올리고 지지대로 고정한 다음 빨

래를 하나씩 널기 시작했다. 수건. 난닝구. 티샤쓰. 빤쓰. 내
복. 스웨터. 한 주를 지나온 거적. 고생도 했다. 이제 절반 널
었을 뿐이다. 다시 베란다로 갔다. 세탁기 안으로 가슴팍을
쏟아버렸다. 신음이 절로 났다. 두 손 가득 끌어올렸는데 양
말 몇 켤레가 보였다. 또 오지 뭐. 나름 긍정적이다. 몸은 솔
직했다. 거친 숨을 쉬었다. 앞이 어질어질해질 때쯤 건조대
에 다다른 듯싶어 빨래를 바닥에 쏟았다.

아이씨…

건조대 날개 하나가 접혀있던 거다. 디귿 모양의 지지대
가 무게를 못 버티고 빠져버렸다. 무슨 고깃집에서 이중으
로 된 석쇠 사이에 고기를 끼워 굽듯이, 그가 널었던 빨래는
건조대에 순진하게 널려 있다가 그대로 날개와 뼈대 사이로
아주 꽉 껴버렸다. 한쪽은 밖으로 껄렁하게 튀어나오고, 다
른 한쪽은 아직 홈에 걸려 대롱대롱하는 그 지지대를 빼냈
다. 거꾸로 뒤집힌 지지대가 원래보다 더 벌어지게 했다. 이
렇게 해야 그만큼 더 잘 버틸 거라는 생각이 그때 막 떠오른
거다. 홈에서 자꾸 빠지는 게 문제였으니 말이다. 그는 건조
대의 빈자리를 마저 채웠다. 그러고 나서 야속한 점심때가
되어 가스레인지에 프라이팬을 올려놓고 서 있었던 거다.
참 할 일이 많다고 생각했다. 엄마는 네 식구의 분량을 어떻

게 혼자 했었지? 엄마는 왜 혼자 했었지?

약속은 약속이다. 더 늦기 전에 끼니부터 때워야 했다. 귀찮을 때나 뭘 해먹을 겨를이 없을 때는 늘 볶음밥이었다. 가스레인지 레버를 돌려 약불로 해놓고 양파를 썰었다. 솜씨가 없어 칼질할 때마다 이리 튀고 저리 튀며 생난리였다. 양파가 썰린 모양도 투박하고 덜떨어져 보였다. 프라이팬에 식용유를 두르고 그 위에 양파를 털어냈다. 싱크대가 양파 껍질과 뿌리, 부스러기로 난장판이었다. 전기밥솥을 열었다. 365일 따뜻한 친구다. 딱 한 공기 정도 되는 쌀밥이 웅크리고 있었다. 주걱으로 퍼 그대로 양파가 지글거리는 프라이팬에 얹었다. 불을 살짝 키우고 냉장고에서 스팸 한 캔을 꺼냈다. 이미 전에 뜯어놓고 반 남겨놓은 거였다. 바로 전에 양파를 올려놓았던 도마 위에 그 반쪽 덩어리를 쏟았다. 또 대충 칼로 썰고 있자니 프라이팬에서 사나운 소리가 났다. 불을 살짝 키운다는 걸 생각보다 세게 키워놓았던 거다. 아직 탄 건 아무것도 없었다. 밥을 푸던 주걱으로 쓱쓱 휘적거리고는 스팸을 부었다. 역시 잘난 구석 하나 없는 모양이다. 맛소금 한 순갈을 넣은 다음 후추도 한 바퀴 털털 털었다. 골고루 익도록 다시 주걱을 휘적거리다가 스팸 몇 조각이 프라이팬 밖으로 떨어졌다. 아까웠다. 손으로 족집게를 만들어 가스 불 언저리에 닿을 듯 말 듯이 있는 스팸 조각을 주우려 들었다.

씻팔, 좆 같은 도시가스!

손끝에 불꽃이 스치고 말았다. 스팸 조각은 구해 냈다. 그대로 입으로 가져가 손이 아린 감각을 달래보려 했다. 요리 하나는 잘한단 말이야. 살짝 익었을 뿐인 스팸 조각을 먹고는 그런 생각을 했다. 가스 불을 끈 다음 프라이팬을 들고 갔다. 대춧빛이 나는 탁자 위에 받침을 깔고 프라이팬을 얹었다. 그대로 점심을 때우기 시작했다. 시간이 많지 않았다. 시간은 많았던 적이 없다. 입에 밥을 우물거리면서 약속 시간을 떠올렸다. 사람은 비효율적인 동물이다. 하루에 세 끼를 먹지 않으면 배고픔에 우울해진다. 하루 중에 귀중한 시간을 가만히 밥만 먹는 데에 써야 한다. 그것도 세 번이나. 오늘은 휴일이다. 노동하지도 않으면서 영양분을 섭취하고 있다. 이건 낭비다. 쓰지 않은 영양분은 똥이 될 뿐이다. 그런 식으로 시간 낭비를 하고 있을 때 또 어떤 생각이 번쩍댔다. 이런 때가 있으면 하나의 '발명'을 해낸 듯 굴었다.

사람은 너무 오래 산다.

오래 산다는 건 고통받을 날도 그만하다는 소리다. 사람은 오십이면 늙는다. 백 세 시대도 옛말일 거다. 백십 세, 백이십 세까지도 살게 될 거다. 늙는 건 미룰 수도, 막을 수도 없다. 건강을 챙긴다 한들 건강하게 늙을 뿐이다. 건강한 몸으로 살날보다 늙어버린 몸으로 살아야 할 날이 더 많다니! 으스스한 기분이 싹 돌았다. 이십 대 때부터 또래 친구들이 해가 넘어갈 때마다 허구한 날 나이 계산만 하며 늙었네 어쩌네 씨부릴 때마다, 웬 염병을 떤다고 생각했었던 그였다. 비로소 깨달았다. 그들은 예견했던 거다. 젊은 날이 걷잡을 수 없이 빠른 속도로 떠나버린다는 걸. 어쩐지 밥을 씹는 속도를 더 빨리했다. 곧 숟가락이 프라이팬 바닥을 긁는 소리가 났다. 또 생각했다.

그래도 난 좀 낫지.

일순간 태연해지는 거다. 듬직한 구석이 있었다. 배시시 웃음이 나왔다. 휴대폰 화면에 젊은 여인이 비쳤다. 여자친구 미지였다. 연애는 무시무시했다. 염세주의자를 자처했던 그가 마침내 세상마저도 사랑하게 됐다. 그도 분명한 직장인이다. 휴일엔 누구보다 한껏 퍼질러 자고픈 사람이다. 하지만 보아라. 질 날이 머지않은 꽃처럼, 온 힘을 다하려는 것만 같다.

뭔가 틀어졌다는 건 알았다. 얼만큼인지 알 수 없으니, 공포였다. 이제 막 나가려고 현관에서 신발을 신을 때가 시작이었다. 세상이 망하더라도 도저히 현관에서 출발할 수 없었다. 구두 속에 든 발이 나체였다. 추락하는 엘리베이터처럼 가슴이 주저앉았다.

왜? 왜 양말 신는 것 따위를 잊어버린 거야?

양말 없이 구두를 신었다간 발바닥이 다 벗겨져버릴 거다. 구두는 죽어도 포기 못한다. 멋 부려야 하니까. 그건 중요하다. 양말 신는 건 간단하다. 구두에서 알몸을 꺼냈다. 순탄했다. 서랍장에서 양말 한 켤레를 얼른 집었다. 한쪽 발로만 서서 무릎을 들어 올려 접고 양말 속에 발을 집어넣었다. 반대쪽도 해냈다. 그런데도 허전함이 가시질 않았다. 뭔가를 잃어버린 사람이 으레 그러듯, 손으로 제 몸 구석구석을 짚어대기 시작했다. 그러다 손이 멈춘 곳은 사타구니였다. 발작하듯 놀라 자빠졌다.

팬티도 안 입었다. 공포가 목덜미를 콱 무는 것 같았다. 거북이가 등딱지에 숨듯 목이 쪼그라들었다. 생각하기 두려웠다. 막 시작했을 뿐이다. 새벽에 일어날 때부터 몸 전체가 죽알몸이었다. 서둘러 사타구니를 감췄다. 양말을 신을 때처럼 한쪽 발로 서서 껑충거리며 팬티에 뚫린 구멍으로 다리를 번갈아 집어넣었다. 화가 치밀었다. 자신에게 이 사태의 책임이 전혀 없다는 걸 알았다. 허공으로 고개를 확 돌리고 조금 쳐들었다. 잔뜩 구긴 눈을 부라렸다. 말없이 부라리기만 했다. 결국 못 참겠는지 소리를 왁 질렀다.

그러게 똑바로 썼어야지!

주섬주섬 옷가지를 챙겨 입었다. 지갑을 챙기고 집을 나섰다. 물론 구두는 제대로 신은 채로 말이다. 찬바람이 몸 구석구석을 훑었다. 살갗이 파르르 떨었다. 나오면서 시계를 봤는데 약속 시간까지는 빠듯했다. 씨… 그렇게 부지런 떨었는데.

집을 나와 대문 앞에서 걸음을 떼려 했을 때였다. 목욕탕 타일 같은 검푸른 배색의 앙상한 체크무늬 셔츠 소매가 눈앞에 어른거렸다. 오래된 고추장처럼 어두컴컴한 빨강 조끼 패딩 밖으로 그 기괴한 셔츠 소매가 꿈틀대는 어르신이 끙끙거리고 있었다. 짐을 높이 실은 리어카를 뒤에 매달고 있었던 거다. 하필 어르신이 향한 쪽은 오르막이었다. 허연 날숨이 불다가 자꾸 사라지는 게 조금 있으면 멎어버릴 것만 같았다. 똥줄을 탔다. 급해 죽겠는데… 한겨울에 저게 무슨 고생이람. 오르막을 타기 시작한 어르신은 갑자기 홀가분해졌다. 고개를 돌려 보니 새파란 청년이 끙끙대며 뒤에서 밀고 있었다.

아이, 쓸데없게 사서 고생이야.

그로서는 지나칠 수 없는 일이었다. 지금껏 세상에 지독한 증오를 품을 수 있었던 건, 그 대가로 인류애까지 품으리라는 일종의 '순례자 신드롬' 때문이었다. 리어카는 둘이 끌기에도 버거웠다. 발바닥에 불이 났다. 그나마 오르막이 짧았으니 죽기 직전에 살았다. 해냈다. 오늘도 '선한 마일리지'를 따냈다. 바람이 땀 맺힌 이마를 스치면서 찌릿했다. 가자 이제. 손등으로 땀을 훔치고 이제야 약속 장소로 향하려는데,

시방 뭐시당가?

방금 그 어르신이 올라왔던 오르막을 되돌아서 내려가고 있는 게 아닌가. 오르막이 내리막으로 까뒤집히니까 어르신과 리어카는 바람처럼 쌩쌩 부는 듯했다.

힘도 좋으셔요. 이 겨울에 저렇게 운동도 하시고.

오르막에 버티고 선 빌라에서 나이 지긋한 아주머니가 나오며 말했다. 욕이 나오려다가 그보다 먼저 자리를 뜨기로 했다. 터덜터덜 내려갔다. 어르신의 뒤꽁무니를 피할 수 없었다. 그가 다시 대문쯤에 다다르자, 어르신도 리어카를 돌려 다시 오르막을 타고 있었다. 넉살 좋은 눈웃음을 보이셨다. 창피해서 얼굴이 터져버릴 뻔했다. 지금 몇 시야? 점퍼

주머니에서 휴대폰을 꺼내려는 데 없다. 속주머니와 바지 주머니도 뒤졌지만, 지갑밖에 없었다. 망설이지 않고 집에 돌아갔다. 현관문을 열고 들어가니 현관 턱에서 휴대폰이 뭐 하다 이제 왔느냐는 듯이 그를 쳐다보고 있었다. 양말이랑 실랑이를 벌이느라 잠깐 내려놓았는데 그대로 두고 나왔던 거다. 일이 틀어졌다. 약속 장소에 제때 가려면 순간이동을 하는 수밖에 없다. 침을 꼴깍 삼키며 휴대폰 화면을 켰다. 어디쯤이냐고 묻는 미지의 메시지가 있었다. 늦을 것 같으니 어디서 시간 좀 보내고 있으라며 사과하는 메시지를 보냈다. 미지는 메시지 상으로는 덤덤한 답장을 했다. 알았으니 천천히 오라고 그랬다. 아찔했다. 더 늦었다간 파국이다.

정류장에서 버스를 기다렸지만, 세상은 공정했다. 초조하다고 해서 잘해줄 리가 없었다. 전광판을 보니 가장 빨리 올 버스가 7분 전이었다. 5분도 10분도 아닌 어정쩡한 숫자라 더 안절부절못했다. 미지에게 미안하다는 메시지를 또 보냈다. 버스가 도착할 때까지도 읽음 표시가 뜨질 않았다. 역에서 내려 전철로 갈아타니 약속 시간까지 15분이 채 안 남았다. 앞으로 40분은 더 가야 도착할 수 있었다. 머릿속에서 꽁무니에 불씨를 매달은 밧줄이 어둠 속에서 하얀 연기를 피우는 모습이 보였다. 불씨가 곧 불꽃을 틔우며 밧줄을 삭 태워버릴 것 같았다. 그럴수록 들여다보는 건 휴대폰 화면뿐이었다. 더는 사과의 메시지가 소용없었다. 어찌하지 못하는 힘이 자기 삶 전체를 휘젓고 있다는 걸 이미 알았다.

푸우…

한숨을 불어 밧줄의 불씨를 꺼뜨리고 싶었다. 불빛은 더 빨개졌다. 어떤 실마리라도 찾으려는지 휴대폰 화면에 붙은 스크롤을 올려 미지와 나누었던 메시지를 되감았다. 답은 바꿀 수 없었다. 처음과 끝이 명료한 사건이었다. 그런데도 눈을 떼지 못했다. 무언가가 자꾸만 멀어지며, 곧 떠나가 버릴 거라는 기분이 들었고. 떠나가 버리고 남은 빈자리에 절대로 마주하고 싶지 않은 감정이 채워질 것만 같은 예감이 들었다.

이 개새끼야. 야, 대답 안 해?

삐딱하게 기대고 서 있던 전철 출입문 근처였다. 뒤돌아보니 얼굴이 불구덩이에 들어갔다 나온 것처럼 시뻘건 아저씨가 바로 옆에 있는 멀끔한 남자에게 달려들 기세였다. 잘못 걸렸군. 1호선에만 왜 저런 것들이 있는 거람. 복싱 선수의 스트레이트처럼 들어오는 술 냄새에 머리가 띵해져서 고개를 돌려버렸다. 희끄무레한 터럭도 아주 바짝 깎아서 각두기 같은 그 아저씨를 자기가 품은 인류애에서 배제했다. 칼로 케이크를 떠내듯 쉬웠다. 저런 건 사회에서 아예 지워버려야 한다. 사람을 사회에서 지울 땐 투명 인간으로 만들어버리면 그만이다. 바다 한가운데에 둥둥 떠 있는 기분을 느끼게 해주면 되는 거다. 그러면 알아서 침몰하기 마련이다.

사회라는 건 더없이 이기적이구나. 그러니 저런 것들을 내버려두는 거야. 무뢰한 하나의 인권 때문에 무고한 여럿이 공포에 떨어야 하는 거야. 하긴 저런 것들이 없었으면 내가 인류애를 품을 일도 없었겠지. 인류애를 품지 않았으면 내가 집 앞에서 그 할아버지를 도울 일도 없었을 테고 말이야. 그러면 내가 지금 이 꼴일 리가 없었겠지. 죽일 놈들. 쓰레기들. 조금 전에 불꽃을 피우던 밧줄을 깍두기 아저씨의 발목에 걸었다. 밧줄 끝에는 거인의 고환처럼 커다란 추가 달려있다. 바다 한가운데에 있던 아저씨는 그대로 침몰한다. 깍두기가 수면 아래로 퐁당 빠진다. 그 자리에 파문이 인다. 끝날 줄 모르도록 고요함이 깔린다. 인류애가 불타오른다. 입꼬리가 치솟는다.

싯싯싯.

그러고는 언제 그랬냐는 듯 웃음기를 싹 치우고 다시 휴대폰 화면을 들여다봤다. 역에 안내 방송이 나오면서 출입문이 열렸다. 그가 내릴 이유는 없었다. 일고여덟 정거장은 더 가야 내린다. 휴대폰 화면을 끈 채로 거기 비친 자기 얼굴을 물끄러미 보았다. 초췌한 눈 아래로 하얀 마스크를 덮고 있으니 자기 얼굴이 맞는지도 확신할 수 없었다. 휴대폰은 인식하지 못하고 잠금을 열어주지 않았다. 내가 걸고 있는 게 얼굴이 아니라면 무엇인가. 나는 유령인가. 그런 생각을 하고 있는데 갑자기 휴대폰이 손에서 팍 튕겨 나가 전철 밖으로 날아갔다. 좀 전에 그 깍두기 아저씨가 행패를 부리다가 기어코 옆에 있던 남자를 밀치고 만 것이다. 힘이 꽤 들어갔었는지 그의 등에 부딪히니까 손에 있던 휴대폰이 부메랑처럼 날아가버렸다. 돌아오지 않는 부메랑이었다. 휴대폰은 정거장 바닥에 납작 엎드렸다. 신경질적인 눈으로 돌아보았다. 아무도 그를 보고 있지 않았다.

출입문이 닫힌다는 안내 방송이 나오자, 전철 밖으로 튀어나왔다. 에이씨, 꼭 냅다 도망가는 놈 같잖아. 전철은 매정하게 떠났다. 정거장에 홀로 남은 그는 엎드린 휴대폰을 집었다. 뒤집어서 화면이 멀쩡한지 확인해야 했다. 박살이 났겠지? 잔뜩 쫄았다. 허리를 세우며 휴대폰을 높이 들 때까지도 뒤집을 수가 없었다. 두 눈을 딱 감고 뒤집기로 했다. 끝내 뒤집었다. 그러고는 한쪽 눈만 실눈을 뜨며 간신히 보았다.

아주 박살이 나버렸다. 멋들어지게 짜인 거미줄 같았다. 누가 보면 잘 찍은 거미줄 사진이라 생각할 정도였다. 마음을 굳게 먹고 화면을 켜봤다. 켜지는 건 잘됐다. 다만 터치

84

가 하나도 되질 않았다. 어쩜 이리도 촘촘한 균열일까. 잠금 정도야 얼굴 인식으로 해결된다지만 문제는 다음이었다. 쓸 일이 없다 싶어 음성인식 기능을 꺼 놔서 도저히 연락할 방법이 없었다. 화면 상단에 배터리 잔량이 넉넉한 게 눈에 띄었다. 휴대폰이 부서지도록 꽉 쥐었다. 분을 삭이려 했다. 화면에 미지에게 메시지가 왔다는 알림이 떴다. 미지는 아까와 똑같은 물음을 보냈다. 어디쯤이냐고. 약속 시간에서 십분 정도 지나 있었다. 체념하고 계단을 올랐다. 개찰구를 지나 공중전화가 있는 곳으로 갔다.

네모난 전화기 모서리에 등을 기대고 수화기를 귀에 가져 갔다. 동전은 없으니 긴급통화 단추를 눌렀다. 일, 오, 사, 일. 그러고는 미지의 전화번호를 누르려던 손끝이 허공에 붕 뜬 채로 있었다. 갈 곳을 잃은 손끝은 덜덜 떨렸다. 전화번호가 기억나질 않았던 거다. 그간 외워놓을 필요가 없었다. 애초에 외울 일이 없었다. 미지의 번호는 연애하기 오래전부터 이미 저장되어 있었다. 미지의 번호가 바뀐 적도 여태 없었다. 그는 비- 울기만 하는 수화기를 놓지 못하고, 누군가가 수화기 너머로 전화 받기를 기다리는 사람처럼 멀거니 서 있었다. 눈물이 찔끔 났다.

내 잘못이 아니야. 그래…

다시 개찰구를 넘어가기 전에 화장실에 들렀다. 마스크를 벗고 세수했다. 투명한 물줄기가 눈가를 지나 주르륵 흘러내렸다. 핸드타월로 얼굴을 닦고 나가려다 오줌을 눴다. 역사 전광판에 뜬 시계를 보니 이미 약속 시간보다 한 시간이 지나 있었다. 별수 없었다. 일단은 가야 했다. 미지가 기다리고 있을 거다. 마지막으로 연락했을 때, 미지에게 다음에 보는 게 어떻겠냐고 물었었다. 미지는 자상했다. 기다리고 있을 테니 천천히 오라고 그랬다. 하긴 여태 기다리기만 했는데 그냥 집에 가는 것도 기분 더러운 일이었을 거다. 미지를 만나기가 무서웠다. 제발 집으로 좀 돌아가 주었으면 했다. 그러면 큰 고비 하나는 넘길 것 같았다. 이젠 방도가 없다. 지금 출발하면 20분은 더 걸릴 거다. 연락이 끊긴 지도 20분쯤 됐다. 마음이 썩어 들어갔다. 인류를 사랑하는 건 포기하기로 했다. 개찰구를 넘어가자, 전철이 곧 정거장에 들어왔다. 출입문이 열려 전철에 오르고, 아까처럼 문가에 바로 섰다.

공기가 이상했다. 1호선이야 늘 메스꺼운 냄새가 퍼져있지만, 그거랑은 별개로 어떤 깊은 터널 속에 들어온 듯한 분위기를 느꼈다. 뭐가 문제인가 싶었는데 사람들이 내는 소리가 들리지 않았다. 사람이라면 평소 습관대로 내는 숨소리나 몸을 움직일 때 점퍼 소매가 부스럭거리는 소리 따위가 전혀 들리지 않았다. 다만, 이따금 미약한 카메라 셔터음이 들렸다. 전철에서 사진을 찍는다고? 그야말로 종잡을 수 없는 순간이었다. 그는 여전히 문가에 서서 고개를 돌리지도 않았다. 그러다 무슨 운명 같은 직감이 온 듯, 출입문 유리창을 보았다. 거기 비친 사람들의 모습을 보았다. 창밖으로 세상이 미끄러지는 광경과 전철 안의 사람들 모습이 겹쳐 있었다. 그는 옴짝달싹도 못했다. 사람들이 한뜻으로 그를 보고 있었다. 미약하게 들렸던 셔터음도 바로 그를 찍을 때 났던 거다. 그들은 눈빛으로 마구 비웃었다. 그렇지만 상황을 이해하지 못했다.

내가 뭘 잘못했지…?

그제야 자기 발을 내려봤다. 밤이 아니었다면 까무러칠 뻔했다. 그러니까 구두를 신지 않은 거다. 바닥이 새까매진 흰 양말뿐이다. 바로 다음 정거장에서 출입문이 열리자마자 튀어 나갔다. 얼굴이 터질 듯 달아올랐다. 다리에서 힘이 빠져 나갔다. 삶 전체가 병에 걸린 게 분명했다. 죽는 날까지 고통에 몸부림칠 불치병이노라 생각했다. 죽기 직전까지의 고통만 주어 안식도 허락하지 않는 그런 병이었다. 집에 돌아가는 게 낫겠다 싶었다. 아니, 반드시 당장 돌아가야만 했다. 오늘은 휴일이다. 휴식이 부족한 탓이다. 한숨 자고 일어나면 말끔히 씻겨 내려갈 거다. 하지만 정거장을 떠나지 못했다. 미지는 기어이 기다리겠다 했다. 이때쯤이면 미지도 돌아갈 만도 했다. 약속 시간에서 두 시간은 지나 있었다. 다음 전철이 오길 기다렸다. 기다리겠다 했다. 하필 마지막으로 들은 말이 그거였다. 그 말이 작살처럼 발등에 꽂힌 것 같았다. 집에 갔겠지. 집에 갔을 거야. 그는 빌었다. 제발 집에 갔어라. 아직 안 갔으면? 아직도 거기서 버티고 있으면 어떡하지? 그래, 멀리서 확인만 하고 도망가자. 만나서 어쩌려고, 만나면 오늘 안에 일이 끝날 리 없다. 오늘은 휴일이다. 휴일은 오늘까지다. 일이 더 미뤄지면 생지옥이다.

그를 가장 슬프게 만드는 건, 충분히 슬퍼할 시간이 주어지지 않는다는 사실이었다. 직장인. 이하 노동자의 삶이란 그런 거다. 충분히 슬퍼하기도 전에 출근해야 한다. 어느덧 도시가 붉어진 하늘을 받치는 시간이 됐다. 투명한 스크린도어가 흐릿해지는가 싶더니 꾸무럭꾸무럭 빗줄기가 흘러내리기 시작했다. 참, 일기예보는 비가 올 거라 일러 줬었다. 코딱지만 한 강수량과 강수확률 때문에 믿지 않았을 뿐이다. 아니, 도리어 믿었기 때문에 우산을 챙기지 않았을지도 모른다. 기상캐스터의 잘빠진 원피스와 뚜렷한 이목구비는 예보의 신빙성을 더해주니 말이다.

발밑에 벌레가 지나가는 것처럼 떨림이 오더니 곧 정거장에 전철이 들어섰다. 과격한 부부싸움처럼 철로와 전철이 잘 연마된 금속끼리의 마찰음을 뿜어댔다. 스크린도어가 열리니 사람들이 쏟아져 나왔다. 퇴근 시간 무렵이었다. 사람들은 저마다 각양각색의 옷차림과 머리 염색으로 개성을 뽐내고 있었는데, 그렇게 쏟아져 나오니 죄다 시커멓게 보였다. 쏟아지면 토사물처럼 보이는 건 한 가지다. 사람도 삶도.

그는 다시 올라섰다. 스크린도어와 전철 사이의 간격에서 떨어진 빗방울에 덜미가 젖었다. 전철 안은 퀴퀴하고 눅눅했다. 달랑거리는 손잡이에 매달려 창밖에 난 흐물흐물한 세상을 보았다. 세상은 또다시 미끄러진다. 그걸 보고 있으면 그가 세상을 떠나는 건지, 세상이 그를 떠나는 건지 알 수 없었다. 비가 오니 미지는 더 쏟아지기 전에 분명 약속 장소를 떠났을 거다. 다행이다. 다만, 미지 역시 우산을 챙겨오지 않았을 거다. 비를 맞는 미지 모습을 떠올려 보니 참 시원찮았다. 똑바로 왔으면 우산을 하나 더 사가면 될 일이었다. 미지는 갔다. 분명 갔을 거다. 그럼, 우산은 살 필요 없다. 비쯤이야 좀 맞아도 좋았다. 좀 젖어도 좋았다. 그런데도 미지가 기다리고 있으면 어떡할지 생각을 좀체 떨쳐낼 수 없었다.

플랫폼을 나서자, 빗물 아래로 지나가는 사람들이 많았다. 그처럼 우산을 챙겨 나오지 않은 그들은 어디 편의점 같은 데서 우산을 하나 사기보다, 건물에 붙어서 걷기가 더 나은 모양이다. 그도 따라 걸었다. 슬리퍼 정도는 살까, 하다가 그만두었다. 손등으로 머리 위를 막았다. 적잖이 젖은 머리였다. 이내 귀신같이 빗줄기가 굵어지고 바람도 불기 시작했다.

갔겠구나. 아주 갔겠어.

계속 나아가려다 더 비를 맞았다간 사타구니까지 축축해질까 그만두었다. 주변에서 가장 커다란 건물의 유리문을 열고 들어간 뒤에 휴대폰 화면을 켜봤다. 촘촘히 깨진 액정 화면 틈으로 물기가 스며들어 무지갯빛의 가지가 뻗쳤다. 휴대폰 안에 무지개를 먹고 자란 나무가 들어있는 것 같았다. 시간을 보니 저녁 먹을 시간도 지나 있었다. 나 참, 낮에 보자 해놓고 아직도 못 가다니. 화면을 끄고 주머니에 집어넣으려다 화면이 다시 켜지는 걸 보았다. 이게 맛탱이가 갔나 싶었는데 아니었다.

어디야? 무슨 일 생겼어?

미지는 남아있었다. 더없이 따뜻한 메시지였다. 그는 '닫기'와 '보기' 버튼 중에 '보기' 버튼에 엄지를 대고 불이 나도록 문질렀다. 메시지는 그대로 잠금화면 안에 웅크렸다. 거의 다 왔어. 다 왔다구. 우두커니 서서 '미리보기' 상태의 메시지만 보고 있었는데 전화가 왔다. 미지였다. 이번에도 엄지로 버튼을 마구 문질렀다. 손에 있는 물기 때문에 마찰력이 없어서 그런지 반응도 없었다. 까맣게 젖은 코트에 바람이 숭숭 지나가자, 혈관조차 덜덜 떠는 것 같았다. 약속 장소

90

인 카페까지 얼마 남지 않았지만, 추위에 팔이 오그라든 채로 살아있는 미라가 될 거 같았다. 편의점에 들어가 우산을 샀다. 펼친 우산을 두드리는 빗소리가 포근했다. 저 멀리 미지와 만나기로 한 카페가 있었다. 밤색 외벽에 주황빛 샹들리에가 서너 개 걸린 곳이었다. 바람이 멎고 빗줄기도 가늘어졌다. 우산을 접고 건널목에서 신호를 기다리는 데 또 불안이 도졌다. 미지는 저기 있다. 세 시에 만나기로 했는데 일곱 시가 다 됐다. 뭘 하며 기다렸을까. 모래 빛 냅킨을 접고 또 접었을까. 손톱으로 난도질하며 날 저주했을까. 커피는 하나만 시켰을까. 화가 났을까. 슬퍼하고 있을까. 헤어지려고 마음먹었을까. 왜 여태 기다렸을까. 기어이 만나려는 이유가 무엇일까. 둘 중 하나다. 날 죽도록 사랑하거나, 아니면 오늘이야말로 날 죽여버리려는 거다. 그는 하얗게 질렸다. 비를 많이 맞아서 그런지도 모르지만, 더는 추위가 신경 쓰이지 않았다.

카페 출입문 앞에 다다랐다. 우산의 물기를 조금 털고 우산 통에 던지듯 넣었다. 문 손잡이를 잡고 밀었는데 문이 열리지 않았다. '당기세요'라는 말이 붙어 있었다. 그걸 보고 제대로 당기려다 말고 어디서 멧돼지가 달려오기라도 하는 듯 헐레벌떡 달아난 다음 기둥 뒤에 숨었다. 미지가 나오고 있었다. 미지는 마침내 떠나기로 했다. 비가 오는 걸 확인하려는지 허공에 손바닥을 내밀었다. 미지는 우산이 없는 모양이었다. 음침한 하늘을 한 번 올려다보고는 출입문 쪽 우산 통에 눈을 떨궜다. 혹시나 미지의 시야에 들어갈까 기둥에 몸을 완전히 숨겼다. 공연히 빗소리를 들었다. 오목하게 들어간 보도블록에 빗물이 고였다. 웅덩이에 빗물이 떨어지자, 물결이 동그랗게 퍼졌다. 그의 가슴에도 어떤 울림이 번졌다. 마음을 먹고 기둥을 돌아 나왔다. 미지는 갔다.

머리를 털고 털어도 마를 기미가 없었다. 코트는 빨래한 이불처럼 무겁고 거추장스러웠다. 유리 너머로 봐두었던 자리로 가 앉았다. 미지가 앉았던 자리다. 아직 체온이 남은 듯했다. 휴대폰을 꺼내 화면을 켜려다 참고 테이블 위에 놓았다. 커피를 주문하러 갔다. 쓸쓸한 것을 어떻게 해야 했다. 평소에도 따뜻한 커피를 즐기는 그였지만 지금으로서는 절실할 수밖에 없었다. 진동벨을 받고도 자리로 돌아오지 않았다. 카운터 쪽을 서성이다가 점원이 커피를 올려놓자마자 챙겨갔다. 자리에 가니 휴대폰이 기다리고 있었다. 아까처럼 납작 엎드리고 있었다. 머그컵에 담긴 따뜻한 카페라떼를 한 모금 마셨다. 후룹 소리를 내며 마신다기보다는 빨아들이는 듯했다. 서늘한 들숨과 날숨을 번갈아 불었다. 적당한 온도가 된 커피는 입 안에 감돌며 미지의 체온을 떠올리게 했다. 그러고는 휴대폰이 박살 난 것도 까먹어 버리고 무심코 뒤집어서 화면을 켰다. 메시지가 하나 와있었다. 무지갯빛 나무를 그리던 화면의 균열들은 물기가 빠지자, 몇 년

묵은 손톱 때처럼 또렷하고 굳셌다. 잠금화면을 풀지 못해 그 메시지의 첫 줄밖에 읽을 수 없었다.

이런 식으로 끝날 줄 몰랐어. 미리 말해줬으면 좋았을 텐데.

미지는 날 죽도록 사랑했다. 죽고 싶다. '…'로 끊어지며 메시지는 문장이 더 남았다는 걸 암시하고 있었지만, 할 수 있는 게 없었다. 무슨 말을 이었을까. 미리 말해줬으면 좋았을 텐데. 그랬으면 기다릴 일도 없었고. 그런 식이었을까. 미지는 갔다. 나도 이런 식으로 끝날 줄 몰랐어. 반 정도 남은 커피로 입술을 적셨다. 커피를 마시고도 혀로 한 번 문지르면 금방 입술이 말라붙었다. 정신머리가 그 메시지 위로 떨어진 것 같았다. 눈의 초점도 틀어졌다. 그러다 정신이 번쩍 들었다. 메시지가 하나 더 왔다.

미안해 휴일인데 불러내서. 집에서 푹 쉬어.

그는 못다 마신 커피를 두고 카페를 나섰다. 오던 비는 도로 갔다. 하늘은 아직 컴컴했다. 먹이 든 구름이 짐을 다 싸지 못했기 때문이다. 떠나기 전에 우산 통을 내려다봤다. 투명한 비닐우산은 잘 있었다. 스스로가 잘 있다는 기분은 들지 않았다. 투명 인간이 된 기분이었다. 사람이 하루 만에 사라질 수 있는 거구나. 몸이 무거웠다. 젖은 코트는 차가웠지만, 그걸 벗으면 더 추웠다. 몸에 힘을 주어 떨림을 멈추려 해도 마음대로 되질 않았다. 하긴 마음대로 되는 게 있었는가. 집에 가면 보일러를 세게 틀고 이불로 꽁꽁 싸매야겠다. 이대로면 몸살 때문에 내일 출근도 못할 노릇이다. 돈은 중요하다. 미지가 떠나서 지출은 줄겠지만 살아가는 한 계속 벌어야 한다. 언제 무슨 일이 닥칠지 모르니까. 오늘만 해도 그렇다. 휴대폰 액정을 수리하려면 또 돈 들 거다. 오던 길을 도로 가면서 또다시 세상이 자기를 떠나가노라는 기분이 들었다. 미지를 만나러 올 때처럼 전철 창밖으로 세상이 미끄러지는 걸 보았다. 올 때도 세상이 떠나가고 돌아갈 때도 세상이 떠나간다면, 나는 과연 어딘가로 떠날 수 있는 존재인가. 어딘가에 머물 수 있는 존재인가.

그래도 집이 있었다. 남은 건 집과 직장뿐이다. 집과 가까워질수록 어딘가 막힌 게 차츰 뚫리는 기분이었다. 긴장이 녹아내렸다. 코트는 점점 무거워졌다. 잠이 필요했다. 내일부터 또 한 주가 시작이구나. 어디선가 매캐한 냄새가 불었다. 올려다보니 집과 같은 방향이었다. 힘껏 뭉친 연기가 실컷 운동하고 울긋불긋한 근육을 자랑하는 푼수처럼 덩치를 뽐내며 치솟았다. 뭘 먹었는지 속이 아주 시커멨다. 하늘을 덮은 먹구름은 전부 거기서 온 것 같았다. 집까지 계속 걸었다. 근처에 다다를 때쯤 소방관들 몇몇이 맞은편에서 걸어왔다. 소방차가 좁은 골목을 들어오지 못하자 소방관들만 내려서 불이 난 데로 뛰어간 거였다.

"불이 났나 보네요. 비가 그렇게 왔는데."

소방관들은 그에게 묵례하고 한숨을 뱉었다. 불은 무사히 꺼진 모양이다.

"그러게요. 금방 꺼질 불이었는데 아랫집이 가스 밸브를 열어 놓은 모양이에요."

남은 걸음을 줄여 나갔다. 소방관의 말대로 불은 윗집에서 시작됐다. 그러고는 바로 아래에 있는 그의 집까지 까맣게 먹어 치웠다. 그래, 밸브를 잠근 적이 없었지. 계단을 올랐다. 불이 나서 고장이 났는지 사람이 지나가면 저절로 켜지는 전등이 꿈쩍도 하지 않았다. 앞이 캄캄했다. 복도는 불에 그을려서 더 까맸다. 현관문을 열었다. 나갈 때 잠그지도 않아 그냥 열렸다. 집 안은 온통 불에 탔지만, 어떤 물건들이 놓여있는지는 알아볼 수 있었다. 그래피티 화가가 검은 스프레이를 집 안에 빼곡하게 뿌려놓은 듯했다. 장롱이랑 서랍장이 있던 자리엔 아무것도 없었다. 아까 소방관들과 이야기할 때 리어카에 가구 같은 것들을 싣고 언덕을 오르던 할아버지가 떠올랐다. 장판도 다 타버려 딱딱한 콘크리트가 드러난 바닥에 앉아 휴대폰 화면을 켰다. 미지의 마지막 메시지는 잠금화면으로도 잘 보였다. 악에 받쳐 참았던 눈물이 그제야 쏟아졌다. 바닥에 엎드리며 검댕을 뒤집어쓰고는 집이 떠나가라 울부짖었다. 그러고는 잠을 자려는 듯이 납작해졌다. 침묵이 들어찼다. 마침내 제 몸의 밸브를 열었다.

푸쉬익…

더는 태울 수 있는 게 없었다.

추가 토핑

이슬이 불어오나 싶었는데 정말 그럴지도 몰랐다. 동이 트며 서린 이슬은 끝내 오지 않는 누군가를 기다리다 그렇게 물러나고 말았다. 빗발은 그처럼 사소했다. 짙은 회빛 구름이 암막처럼 몰려왔다. 거기 종처럼 솟아난 틈이 보였다. 햇살이 그 틈으로 하얀 손목을 내밀었다. 그런 삶에도 구원은 있었다. 하늘은 비로소 도시를 용서했다. 거대한 새가 비행을 마치고 날개를 접듯이 구름은 저편으로 갔다. 곧 맑게 개었다. 따뜻해졌다. 그 따뜻함에 비해 우리는 너무 작았다. 장마가 오기 전 무더위였다. 개운함이 필요했다.

우리는 증명의 노예다. 모든 몸부림은 증명되기 위한 것이다. 그럼, 나의 삶은 도대체 어떻게 흘러가야 하는가.

살아감으로써 동반하는 답답함을 가만두지 못한다. 삶을

증명해 줄 수 있는 것을 평생 찾는다. 그것이 개운함을 구하는 하나의 방법이다. 그러므로 우리가 제일 두려워하는 언어는 침묵이 된다. 침묵은 우주를 표류하듯이 증명에 도달하지 못하게 한다. 어떤 몸부림도 도달할 수 없다. 도달하지 못한다는 것. 대개 시작이 아니라 끝에 가까울 때 우리는 직시한다. 다시 절망한다. 주희는 자기 삶을 스스로 증명해야겠다고 생각했다. 가만히 있기엔 너무 더웠다.

나는 소시오패스일지도 몰라. 주희는 한 번쯤 그렇게 자신을 정의하고 싶었다. 우리는 항상 다른 사람에 의해 정의되니까. 평생을 불리는 이름조차 자기 의지와는 상관없다. 우리 엄마 아빠의 딸, 은지의 절친, 수현여고 전교 1등. 뭐 그런 식으로 자신을 설명할 수밖에 없다. 아, 주희에겐 별명도 있다.

얼음.

여자아이한테 붙을 때는 뒤에 '공주'가 이어지는 게 보통일 텐데. 주희에게 붙은 별명은 그게 전부다. 아마도 재수 없는 성격에 공주를 붙여주는 일이 징그러웠을 테다. 치사한 년들. 뭐 확실히 남들과는 다른 점이니 쾌감이 느껴지기도 했다. 얼음이라… 얼음… 존재만으로 영향력을 뿜어내지 않는가. 녹아버리면 얼음은 얼음으로 불리지 못한다. 내가 죽는다면 나는 더 이상 박주희로 불릴 수 없는 거나 마찬가지다. 이거… 멋있다!

이 개새끼. 주희는 허공에 대고 중얼거렸다. 내가 사우나를 싫어하는 건, 뜨겁고 습한 공기가 내 입이든 콧구멍이든 쑤시고 들어와 숨을 쉬기만 해도 지쳐서야. 근데 여름은 지금 바깥 어디든 그 꼴이잖아. 아직 출발도 하지 않은 환승역 지하철에 갇힌 것 같아. 사태는 흉악스러움을 나날이 불려 갔다. 이제 주희는 지하철 출입문 바로 앞에 서서, 내리는 사람만 쳐다보고 있는 기분이었다. 학교 다니는 건 내려오는 에스컬레이터에서 거꾸로 올라가는 느낌과 다름없었고, 이 더위에서 벗어나는 것이 일생일대의 중대한 목표가 되어 버렸다. 주희에겐 그럴 힘이 있었다. 문방구에서 사 먹는 메로나, 빵빠레로는 성에 안 찼다. 방학은 짧았다. 하지만 아직 꽤 남았다는 생각이 들었다.

주희의 두뇌 회전은 말하자면 이렇다. 평소에는 놀이터의 뺑뺑이를 동네 꼬마들이 힘차게 돌리는 것과 비슷하다. 하지만 지금은 비상이다. 주희는 6학년 덩치들을 불러냈다. 이제는 아주 뽑혀서 하늘 위로 날아오를 정도로 돌리는 거다. 해내고야 말았다. 결과는 아름다웠다. 더위를 벗어날 최고의 장소를 마침내 찾았다. 그동안 몰랐던 걸 보면 생긴 지 얼마 안 된 곳이 분명했다. 간판은 있지만 이름은 없었다. 그릇에 언덕처럼 무언가가 얹어져 있고 숟가락으로 보이는 것이 꽃혀 있는 간판. 젓가락은 없는 걸 보니 밥집으로 여겨지진 않았다. 빙수 가게였다.

더위가 보채느라 홀린 듯이 가게 문 손잡이를 붙잡았다. 끓는 열기에 손잡이를 붙잡은 손이 흐물흐물 춤을 추는 것 같았다. 안으로 들어서자 마흔은 됐을까 싶은 멀끔한 남성이 맞이했다. 그는 하얀 반팔 셔츠를 바지 속에 넣고 유니폼으로 보이는 검은색 면 조끼를 셔츠 위에 입었다. 아무래도 사장이거나 점장 정도는 되는 인물 같았다. 가게에서 일하는 사람은 그가 전부였다. 손님들은 많았지만, 가끔 몸을 움직이는 소리가 들릴 뿐, 말을 하는 사람은 별로 없었다.

"가게 이름이 뭔가요?"

테이블 자리를 안내받으며 주희가 물었다.

"아직 안 지었습니다. 혹시 좋은 이름이 떠오르면 지어주시죠."

그는 테이블 위에 모래 빛 냅킨을 깔았다. 서너 장 정도의 그것은 톱니바퀴처럼 포개어져 있었다. 언젠가 어떤 가게에서 이렇게 된 냅킨을 본 적이 있었지만, 이 모양의 유래를 궁금해했던 적은 없었다. 하지만 분위기 탓인지, 주희는 부쩍 알고 싶어졌다.

"메뉴판 좀 주세요. 메뉴라고 되어 있는 것도 안 보여서요."

말하면서 주희는 가게 안을 이리저리 두리번거렸다. 시선이 어디 한곳에 머물지를 못했다. 읽을거리가 없었다. 예의

102

그 가게 메뉴, 가게 전화번호, 가게의 이름. 그런 게 하나도 없었다.

"저희는 단 하나밖에 팔지 않습니다. 빙수 말고는 아무것도 팔지 않죠."

우리는 그런 겸손한 모순에 쉽게 정을 주곤 했다. 지우개에 이름을 적는 것처럼, 풀잎을 떨어뜨리며 희망을 품는 것처럼. 그는 혼자이면서 '저희'라고 말했다.

"그럼 어떤…"

주희의 말이 끝나기도 전에, 그는 테이블 위에 정사각형의 쪽지 하나와 고급스러운 볼펜 한 자루를 내밀었다. 냅킨이랑도 별 차이 없어 보이는 그 쪽지 상단에 글자가 박혀있었다.

추가 토핑

"원하시는 건 뭐든 적으시면 됩니다. 하지만 가격은 따로 받지 않습니다. 빙수 토핑이라면 말이죠."

말을 다 한 뒤에 그는 손을 허리 뒤에 놓고 기다리고 있었다. 주문지가 주희를 바라보았다.

"토핑엔 뭐가 있죠?"

주희가 물었다. 그가 가게 안의 다른 손님들을 둘러보았다. 손님들의 기분을 자기 눈빛에 담아내는 것 같았다. 빙수로부터의 즐거움, 설렘, 그리고 차가움. 소소한 미소를 띠며 그가 말했다.

"손님에게 달렸죠."

그러고는 얼굴에 웃음기를 지우고 믿음직스러운 목소리로 말을 이었다.

"정말로 뭐든지 적으시면 됩니다."

별거 없네. 주희는 그렇게 생각했다. 이해할 수도 없고 이해하고 싶지도 않았다. 귀찮아서 주문지에 북북, 가위표를 긋고 그에게 건넸다. 그는 한동안 선 채로 주문지를 바라보더니 이렇게 물었다.

"괜찮으시겠어요?"

"네. 상관없어요."

그는 금방 준비해 드리겠다며 말하고 돌아섰다. 고개를 돌린 순간 그가 웃고 있었다는 느낌이 들었다. 왠지 으슬으슬했다. 에어컨 바람 때문은 아니었다.

콰사삭. 콰사사사삭.

그가 카운터로 돌아가 등을 보이자, 얼음을 가는 소리가 들렸다. 청승맞은 가게 분위기에 맞게 얼음도 기계가 아닌 손으로 직접 갈아내는 모양이다. 하지만 그런 괴팍스러울지도 모르는 것이 먹혀들었다. 주희는 갑자기 기대감에 부풀었다. 새하얀 얼음 위에 단팥과 연유가 입맛이 돌게 얹어져 있고.

얼음은 또 순백의 우유가, 한여름 바닷가의 파도 거품처럼 하얗게 적시고 있는 모습을 상상했다. 단 게 당겼다. 입에 당장 넣고 싶다. 곧, 그가 빙수 그릇을 들고 다시 나타났다.

"주문하신 대로 나왔습니다."

그는 여느 손님을 대하듯 친절한 미소를 띠며 말했다.

"맛있게 드세요."

그가 떠나자, 빙수는 주희에게서 눈을 떼지 않았다. 주희는 그의 얼굴 자체가 생긴 것부터 마음에 안 든다고 생각하기 시작했다. 그가 카운터로 돌아가 손님을 응접할 때까지도 자기 앞에 놓인 빙수를 뚫어져라 쳐다봤다. 이건 빙수다. 그런데도 스푼을 들고 건드릴 수가 없었다. 왜냐?

얼음 말고는 아무것도 보이지 않았다.

그러니까 빙산을 보는 기분이었다. 이건 빙산의 미니어처나 다름없었다. 스푼을 갖다 대는 순간 눈사태를 일으킬 게 분명했다. 이건 빙수다. 순간, 정수리에 뿅망치를 맞은 기분이 들었다. 뿅!

역시나 그런 거다. 이건 평범한 빙수 위에 얼음을 한 번 더 덮은 게 분명했다. 빙산의 일각… 그런 수법이었다. 허허, 귀여운 사내로군, 자네. 주희는 서늘하게 뻗은 스푼으로 빙수를 퍽, 하고 찔렀다. 들어 올렸다. 그 상태로 주희는 또 한동

안 얼어버렸다. 다시 말하지만, 에어컨 바람과는 상관없었
다. 스푼 위에 올려진 건

얼음.

열심히 모으면 눈사람을 만들 수 있을 것 같았다. 얼음 얼
음 얼음 얼음. 주희는 카운터를 노려봤다. 개새끼. 손을 들어
그를 불렀다. 그는 손수건으로 손을 한 번 닦고는 카운터를
떠났다. 개새끼가 왔다.

"더 필요한 게 있으신지?"

자신도 모르게 눈을 부릅뜨고 그를 노려보고 있었다.

"잘못 나온 거 같아요."

주희는 스푼으로 대머리 빙수를 휘저으며 말했다.

"얼음 말곤 아무것도 없어요."

그는 아무런 표정 변화도 없었다.

"맞습니다."

그는 조끼 안에 감춰진 셔츠 주머니에서 주문지를 꺼내
보였다. 주희가 쓴 추가 토핑 주문지였다. 그것을 테이블 위
에 내려놓았다. 가위표.

"주문하신 그대로죠."

"기본 토핑은 없나요?"

주희가 물었다.

"기본이요?"

그는 아주 어려운 질문을 받은 사람 같은 표정을 했다. 주희가 빙수에 기대했던 것들을 일일이 나열할 때마다 그의 표정은 점점 더 심각해졌다. 사고를 치는 기분이 들었다. 어쩐지 진상 손님이 된 듯했다. 주문지가 말해주고 있는 것 같았다. 가위표.

"팥이라든가 시럽이라든가… 빙수라고 하면 당연히 있을 만한 그런 것들이요. 우유도 있어야 하고요. 연유는 뭐… 없어도 상관없지만, 아무튼 일반적으로 빙수를 떠올리면 누구나 납득할 만한 그런 모양이 있잖아요. 이렇게 얼음만 쌓아놓은 걸 빙수라고 먹으러 올 사람은 아무도 없을 거예요."

주희의 말이 끝나자, 그는 손을 들어 입가에 가져갔다. 잠시 주희의 주문지를 보더니 또다시 가게 안의 다른 손님들을 둘러보았다. 그의 눈빛은 아까와 달리 손님들의 기분과는 전혀 달랐다. 그리고 다시 그 주문지에 시선을 내리깔았다. 답은 거기 있었다. 그가 말했다.

"외람된 말씀이지만,"

그의 첫마디부터 주희는 입술을 말아 넣고 깨물었다.

"손님이 생각하시는 빙수와 저희 가게의 빙수는 많이 다른 것 같군요."

"네?"

나는 얼음이다. 주희는 생각했다. 냉정해야 한다. 소시오

패스라고 여겨질 만큼.

"저희는 전적으로 손님께서 가장 원하시는 빙수를 제공해 드리고 있습니다. 손님께서 가장 만족스러워할 것을요. 추가 토핑 주문을 받는 건 그래서입니다. 저희 멋대로 빙수를 만들었다간 손님의 취향을 무시하게 될 테니까요. 장사를 하는 입장에서, 손님들의 불만족을 두 눈 뜨고 볼 수도 없는 노릇입니다. 이래 봬도 서비스에 대한 프라이드가 있으니까요. 제 말 이해하시겠습니까?"

주희는 입을 열지 못했다. 빙수는 여전히 눈을 떼지 않았다. 이건 빙수다. 얼음이 조금씩 녹아 물이 차고 있었다. 이것도 빙수일까? 도저히 자기 잘못이라고는 생각되지 않았다. 하지만 입을 열지 못했다. 또 사고를 칠 것 같았다. 그가 들릴 듯 말 듯 작은 한숨을 쉬고 다시 말했다.

"팥이라면 팥, 시럽이라면 시럽, 그런 것들을 정확히 주문해 주셔야 서로에게 손해가 없을 겁니다. 그건 제가 보장해 드리죠."

"어떤 식으로 시켜야 하는지 알려주시면 좋았잖아요…"

주희의 목소리가 수챗구멍으로 빨려 들어가는 구정물 같았다.

"전 여기 오늘 처음 온 거란 말이에요. 어떤 식으로 토핑을 추가해야 하는지, 또 토핑에는 뭐가 있는지 하나도 모른다구요."

빙수가 계속 녹고 있었다. 얼음의 높이가 눈에 띄게 낮아졌다.

"손님은 스스로에 대한 자신을 가지셔야겠습니다."

인생은 무한한 우연의 연속이랬다. 그의 말은 그야말로 우연처럼 다가왔다. 마주쳐도 내 일이 아닌 듯이, 분명하게 들었지만, 메아리처럼 몽롱하듯이. 주희는 뒤통수가 치켜세워지는 기분이 들었다. 귀가 쫑긋 섰다. 쫑긋!

"네?"

"이미 어떤 빙수를 바라시는지 분명히 말씀하셨죠. 그리고 그 빙수엔 분명히 토핑이 얹어져 있습니다. 주문의 방식에 대해선 따로 드릴 말씀이 없군요."

그는 주희의 추가 토핑 주문지를 들어 잘 보이도록 했다. 주희는 주문지가 움푹 들어갈 정도로 주문할 것을 적어뒀었다. 가위표.

"그러면 보통 어떻게 시키나요?"

빨대가 필요하단 생각이 들었다. 빙수가 곧 수명을 다할 것 같았다.

"다른 손님들은요."

주희의 말을 들은 그가 또 가게 안의 손님들을 둘러보았다. 이쯤 되면 그저 하나의 습관인 듯했다. 저렇게 자주 고개를 뒤로 돌리면 디스크에 걸리진 않을까 싶었다. 온화한 미소를 띠며 그가 말했다.

"미리 말씀드리자면, 저희 가게엔 대부분 단골손님뿐입니다. 대부분 빙수를 먹고 나서 잊어버리고 싶은 걸 주문하시죠."

주희의 머리에 뿅망치가 또 한 번 다녀갔다. 삐용!

"무언가를 잊어버리고 싶을 땐, 사람은 그와 관련된 것들을 치워버리죠. 그게 정말로 효과가 있는지는 모르지만, 여기서 빙수를 먹어 치우는 것도 비슷한 원리라고 보시면 됩니다. 뭐… 시험공부 할 때 외워야 하는 부분을 뜯어먹는 경우랑은 다르게요."

그의 표정과 목소리는 쭉 일관되어 있었다. 진중했다.

"이해가 하나도 안 돼요."

주희가 볼멘소리로 말했다. 그는 조끼 안에서 새 주문지를 꺼낸 다음 테이블 위에 내려놓았다. 몸을 낮추고 무언가를 적기 시작했다. 보였다.

들키지 말아야 하는 걸 들켰던 날

"대부분은 이런 식으로 프라이버시가 지켜지도록 주문하십니다."

그가 말했다. 도대체 토핑이랑 무슨 상관이 있는지 모르겠다. 여기에서 어떤 재료나 맛을 기대할 수가 있다는 건가.

"가장 간단한 방식은 색깔을 이용하는 겁니다. 기억에서 핵심을 차지하는 색이 있을 테니 말이죠."

그가 적은 주문지를 다시 내려보았다. 들키지 말아야 하는 걸 들켰던 날… 단번에 떠오르는 기억이 있다. 하지만 생판 남인 사람한테 구구절절 밝힐 순 없었다. 잊어버리고 싶은 기억은 대개 수치스러운 법. 그래도 제대로 된 빙수를 먹어 보고 싶었다. 이 가게에서만 먹어 볼 수 있을 것 같은 최고의 빙수. 어느 정도길래 그토록 자랑스러워하는 빙수인지 알고 싶었다. 주희는 그에게 받은 주문지에 그대로 주문할 것을 적었다. 그가 적은 문장 바로 밑에 이렇게 적었다.

온통 빨갛게 된 날

주문지를 가져간 그는 카운터로 돌아갔다. 잠시 뒤에 얼음 가는 소리가 시작됐다. 백색소음. 베개에 머리를 맞대면 그 소리가 떠오를 것 같았다. 테이블 위에 다 녹은 빙수를 바라 봤다. 어쩐 일인지 그는 이 빙수를 치우려 하지 않았다. 주희 도 그에게 치워달라고 하지 않았다. 이 빙수가 자신과 함께 있는 게 전혀 어색하지 않았다. 주희는 스푼을 들고 물이 가 득 찬 그릇을 휘저었다. 그릇을 들고 그대로 마셔버리면 어 떨까. 하지만 그러지 않았다. 온몸에 서늘한 기운이 감돌고 있었기 때문이다. 에어컨 때문은 아니었다. 기대에서 오는 기 분 좋은 긴장감일지도 몰랐다. 그가 새 빙수를 들고 다시 나 타났다. 멀리서 봤을 땐 처음 주문했던 것처럼 얼음밖에 없

추가 토핑 111

는 빙수인 줄 알았다. 그가 테이블 위에 내려놓자, 추가 토핑의 주문은 확실히 들어갔다는 걸 알 수 있었다. 새하얀 얼음산 꼭대기에 빨간 점이 하나 콕, 찍혀있었다. 딸기시럽이다.

"새 빙수값은 받지 않겠습니다. 맛있게 드세요."

그는 이번에도 다 녹은 빙수를 치우지 않고 돌아갔다. 스푼을 들고 빙수의 꼭대기를 떠냈다. 입에 가져가면서 스푼이 지나간 자리를 보니 빨간 점이 더 커다래졌다. 입 안에 딸기향이 퍼져나갔다. 이 빨간 점이 빙수가 온통 빨갛게 되도록 끝없이 커다래지는 걸까. 그릇의 바닥쯤 되면 빨간 시럽에 잠긴 얼음밖에 없는 걸까. 궁금해하며 스푼을 계속 움직였다. 차가움에 머리가 띵해졌다. 입 안 어디를 핥든 딸기 맛이 났다.

초등학교 5학년. 그때 수련회에 갔던 걸 주희는 떠올렸다. 괴팍한 교관들을 마주하는 것에 더불어, 무슨 사람을 괴물로 만들려는 것 같은 체조에 몸이 자꾸만 신호를 보냈다. 배가 아팠다. 처음엔 가스버너에서 튀는 스파크가 뱃속에서 계속 탁탁탁, 켜지는 줄 알았다. 그러던 게 전기 파리채가 뱃속에 든 것처럼 쉴 새 없이 쿡쿡 쑤셨다. 가만히만 있어도 땀이 나기 시작했다. 열이 올랐다. 정말로 몸이 아프거나 꾀병을 부리는 아이들이 대열에서 점점 이탈했다. 주희도 대열에서 빠진 뒤에 어느 한 교관에게 다가가 약이 필요하다고 말했다.

그 교관은 주희가 땀을 뻘뻘 흘리는 걸 보더니 그 사마귀같이 사나운 표정을 지우고 정말로 걱정스러워하는 얼굴을 했다. 그가 미리 마련된 보건실로 가서 약을 주겠다고 했지만, 주희는 방에 엄마한테 받은 약이 있다고 했다. 그는 그렇다면 약을 먹고 방에서 제대로 푹 쉬고 있으라고 말했다.

방에 돌아가서 곧바로 게보린을 먹었다. 아픈 건 손에 놓은 눈송이처럼 금방 사라졌다. 왠지 꾀병을 부렸다고 여겨질까 불안했다. 땀 때문에 온몸이 축축했다. 드러눕기 전에 목욕해야겠다는 생각이 들었다. 수건과 새 속옷을 들고 속옷 바람으로 샤워기가 딸린 화장실로 들어갔다. 샤워기를 틀면 변기에 온통 물이 튈 만큼 화장실은 좁았다. 수건을 수건걸이에 툭, 건 다음에 메리야스를 뒤집어 깠다. 자이로드롭처럼 팬티를 확 내렸다. 엉덩이에서 발목까지 순식간. 멀쩡했다. 그저 운동을 오래 한 기분이 들었다. 여전히 몸이 축축했지만 아픈 데는 하나도 없었다. 씻기도 전에 벌써 개운한 것 같았다. 고무줄놀이하듯 팬티에서 발을 하나씩 뺐다. 첫 번째 발이 빠지고 두 번째 발이 빠질 때 무의식적으로 발을 내려다봤다. 바닥에 놓인 팬티가 눈에 들어왔다. 몸에선 땀이 흘러내리고 있는데 샤워하러 움직이질 않았다. 샤워하고 싶다는 생각은 숨었다. 얼어버렸다. 팬티가 물들어 있었다.

피!

온몸의 피가 전부 거기 모여 있는 것 같았다. 창백한 눈으로 하얀 타일 벽을 쳐다봤다. 정말로 타일 벽을 보고 있던 건지, 그저 앞을 보는데 거기에 타일 벽이 있던 건지는 모른다. 추위가 감돌았다. 팬티를 한곳에 두고 따뜻한 물을 온몸에 끼얹었다. 구석구석 씻었다. 팬티에는 별로 안 묻었으니 심각한 일은 아니었다. 처음이라 놀랐을 뿐이다. 가방에 잘 넣어두면 아무도 모를 일이다. 화장실을 나와 새 속옷으로 갈아입은 주희는 다음 날이 올 때까지 잠자리에 누워 꼼짝도 하지 않았다. 아랫배가 어쩐지 찝찝했지만 더는 움직이고 싶지 않았다. 더는 놀라고 싶지 않았다.

어둑한 새벽. 그 찝찝함이 커져 깨어났다. 어쩌면 조금은 예상했었을지도 모른다. 새로 갈아입었던 팬티는 축축할 정도로 엉망이 되었다. 잠옷 바지에도 자국이 났다. 누가 깨어날까 싶어 고양이처럼 살금살금 화장실로 들어갔다. 휴지로 몸을 닦았지만 금세 굳은 피는 찐득해져서 휴지가 자꾸 달라붙었다. 하는 수 없이 샤워기를 들었다. 밖에서 소리가 안 들리도록 물을 살살 틀었다. 핏기는 여러 번 닦아내도 깨끗하게 지워지지 않을 만큼 살결에 깊이 파고들었다. 다 끝내고 다시 살금살금 화장실을 나왔다. 궁둥이를 내놓은 채 가방 앞에 섰다. 여분의 팬티는 더 없었다. 그나마 조금 묻었던 팬티를 다시 입을 수밖에 없었다. 무슨 더러운 걸 만지는 것처럼 엉망이 된 팬티를 손끝으로만 한 손에 들고, 다른 손으로 낑낑거리며 가방 지퍼를 열었다. 허리를 숙인 채 가방에 손을 넣었고

"팥쥐!"

주희를 부르는 소리였다. 그래, 그런 별명도 있었지. 박주희, 팍주희, 팍쥐, 팥쥐. 내 별명은 왜 그딴 것밖에 없는 거야? 주희는 그 부름에 어떤 반응도 하지 않았다. 할 일을 했다. 가방에서 팬티를 꺼내고 원래 들고 있던 것을 비닐봉지에 숨겨 가방 깊숙이 넣었다. 아차, 잠옷 바지를 화장실 앞에 두고 왔다. 몸을 돌려 목소리가 들렸던 쪽을 바라봤다. 깜빡하고 끄지 않은 화장실 불빛과 창가로 내비치는 달빛이 아슬하게 방을 채우고 있었다. 은지였다. 안 그래도 동그란 눈이 완전히 땡그래져 있었다. 검지를 치켜들고 입술에 가져갔다. 소리 없이 웃었다.

쉿.

새 빙수는 바닥을 드러냈다. 스푼으로 그릇 바닥을 두드렸다. 쇠와 유리가 부딪치는 소리가 났다. 결국 잊어버리지 못했다. 방법부터가 엉터리였다. 먹어 치움으로 잊어버린다? 그에게 속아버렸다. 그는 처음부터 끝까지 주희를 놀려먹은

거였다. 아랫입술이 떨렸다. 참지 못하고 그를 다시 불렀다. 그가 왔다. 반전은 없었다.

"이러면 안 되는 거 아니에요?"

주희가 먼저 털을 곤두세웠다.

"또 무슨 문제라도… 빙수는 마음에 드신 거 같은데요."

그가 말했다. 텅 빈 그릇을 한 번 보더니, 허리를 바로 세우고 뒷짐을 졌다. 주희를 바라봤다. 먼저 시선을 피한 건 주희였다.

"잊어버리고 싶은 걸 주문하라고 하셨잖아요. 근데 하나도 잊히지 않아요. 오히려 더 떠올라서 선명해졌다구요."

주희가 말했다. 그는 입술을 일자로 길게 늘이고 코로 긴 숨을 쉬었다.

"손님, 외람된 말씀이지만,"

또 나왔다. 생각해 보면 가게 같은 곳에선 보통 이런 상황에 '죄송하다'라고 나오는 게 통념으로 알고 있었다. 여기선 어림도 없었다. 주희는 스푼을 괜히 만지작거렸다. 계속 만져서 이걸 번쩍거리게 만들면 그를 물리칠 수 있지 않을까. 적어도 눈이 부셔서 이쪽을 보진 못하게 할 것 같았다. 내가 부르긴 했지만, 그냥 가버렸으면.

"기억에 관한 건 주문했을 당시에만 말씀을 드렸습니다. 그러니까 빙수를 먹고 나서 손님들의 기억이 어떻게 되는지는 저희가 관여할 일이 아니죠. 제가 말씀드렸던 건 분명히 주문의 방식에 대한 것이었습니다. 만약 빙수를 먹었다고 해서 기억을 잃어버린다면 그건 정말 큰일일 겁니다."

그는 한 번 더 힘을 주어 말했다.

"정말 큰일일 거예요."

"재밌죠? 이런 식으로 늘 처음 온 사람들을 놀리는 거잖아요."

주희는 손을 테이블에 붙인 채 스푼의 끝을 잡고 치켜들었다.

"저희는 손님의 만족을 위해서 최선을 다합니다."

"또 그럴듯하게 포장하려 하지 마요. 정말 그랬으면 제가 지금 이러겠냐구요."

"손님 그릇은 깨끗한걸요."

물로켓처럼 주희는 벌떡 일어나면서 의자를 뒤로 확 밀었다. 의자가 바닥에 끌리면서 커다란 소리가 났다. 자기도 모르게 주위를 둘러보았다. 다른 손님들의 시선이 느껴졌다. 그러고 보니 여기 손님들, 전부 다 혼자였다.

"계산할게요."

그는 여전히 일관된 분위기로 움직였다. 정직하고 온화했다. 그게 다 위선과 허세로 보였다. 이딴 데 다신 안 와. 그러다 갑자기 아이디어가 번뜩 떠올랐다. 발칙한 복수가 될 수 있었다. 그에게 메모지와 펜을 받은 다음 순식간에 휘갈겼다. 주희가 승리의 미소를 보였다. 그에게 메모지를 건넸다.

그걸 받자마자 그는 소리까지 내며 호탕하게 웃었다. 주희의 입꼬리가 벌레 앉은 잎새처럼 처졌다.

"또 오실 겁니다. 이것만큼은 확신할 수 있겠군요."

메모지엔 주희가 생각한 가게 이름이 적혀있었다. 뻥튀기집. 도망치듯 가게 문을 지났다. 입에서 나는 딸기 맛이 참 달았다.

여름이어도 그나마 바깥에 나올 만한 날이었다. 바람이 넉넉했다. 늘 그 자리에 있던 소나무가 가지를 흔들었고, 덤불 사이에선 꼬리가 뭉뚝한 고양이가 나타났다가 숨어들었다. 참새가 자주 날아다녔지만, 새소리는 듣지 못했다. 다음 날, 아파트 놀이터에 있는 그네에 주희는 앉아있었다. 납작한 그네 의자는 포근함이라곤 하나도 없어 가만히 앉아있는 것이 금세 싫증이 나게 했다. 발뒤꿈치로 땅바닥을 밀어 그네를 살살 흔들었다. 조금 있다가 은지가 왔다.

"요!"

동그란 안경에 동그란 눈을 한 그 은지가 인사했다. 은지도 옆에 있는 그네에 나란히 앉았다.

"웬일이야. 괜히 컨셉이구."

어제 일을 말했다. 병신 같은 빙수 가게 이야기. 벌써 5년이 된 그때 이야기. 그리고 어젯밤은 유독 잠이 잘 왔다는 것까지.

"너 그때 기억나? 내가 팬티 들고 있던 거."

주희가 물었다. 은지도 땅바닥을 밀어 그네를 흔들기 시작했다.

"그걸 어떻게 까먹냐. 너 그때 죽을병 걸린 건 줄 알았어. 나도 몰랐으니까. 집에 가서 엄마한테 물어보고 나서 알았지."

"다른 애들은 뭐랬냐. 그때."

주희의 그네는 멈춰있었다.

"말한 적 없는데? 나 너랑 둘이서만 다녔잖아."

은지가 아직도 자기랑 친구인 게 너무도 당연해서 웃음이 났다. 은지의 그네도 어느새 멈춰있었다.

"우리 왜 이리 찐따 같냐. 내가 거기 다녀오고 나서 생각해 봤는데 내 별명은 쓰레기 같은 거밖에 없었던 거 있지?"

주희가 말했다. 은지는 다시 땅을 찼다. 은지의 그네가 휠휠 날았다.

"난 빼줘."

은지가 말했다.

"미친."

주희도 땅을 찼다. 햇살을 실은 그넷줄이 미적지근했다. 그게 손바닥 온도와 잘 어울렸다.

"너도 너 같은 애한테 귀여운 별명 붙여주고 싶냐? 성격도 지랄 맞아선."

그네의 진자운동에 따라 은지의 목소리가 멀어졌다가 가

까워졌다가 다시 멀어졌다.

"야, 내려."

주희가 말했다. 은지가 웃음을 터트렸다. 주희도 웃음을 터트렸다.

"나도 갈래. 어디야 거기?"

은지가 그네를 늦추고 물었다.

"안 돼. 가면 너 울어."

주희가 그네를 더 높이 흔들었다.

"니 얼굴 볼 때마다 울고 싶다 나는."

은지는 그네에서 도망치듯 뛰었다.

"이 썅!"

둘은 벤치로 자리를 옮겼다. 그네를 타느라 몸이 살짝 달아올랐다. 바람이 닿았다. 솜사탕 구름이 느릿느릿 움직였다. 참새는 보이지 않았지만, 새소리가 들리는 듯했다. 옆구리 땀에 공기가 스치면서 몸이 선선해지고 있었다.

"왜 그럴까? 사람들은 거기서 왜 그런 걸 시키지?"

주희가 물었다.

"너는 왜 시켰는데?"

은지가 물었다.

"그런 식으로 시키라니까 그랬지."

"다른 걸 써도 됐던 거 아니야? 왜 하필 그거였는데?"

은지의 물음에 주희는 말없이 생각에 잠겼다.

"글쎄… 처음엔 제일 잊어버리고 싶은 기억이라 생각했는데. 지금은 나도 모르겠어. 왜 잊어버리고 싶어 했는지, 왜 아직도 기억하는지. 그냥 그 사장… 사장인지 점장인지는 모르겠고, 아무튼 그 새끼한테 낚였다는 생각밖에 안 들어."

"그러면 말이야."

은지는 아랫입술을 손으로 한 번 잡아당겼다가 놓았다. 그리고 주희를 바라봤다. 은지의 두 눈썹이 높이 솟았다.

"그 새끼가 잊어버리고 싶어 하는 건 뭘까?"

머릿속에서 소리가 났다. 뿅! 그리고 쫑긋!

"그 새끼도 있을 거 아니야. 그러니까 그런 식으로 시키게 하는 거지."

역시 내 친구야. 주희는 생각했다. 간사한 년.

"맞아… 그럼 내가 그 새끼한테 그걸 시키면?"

주희는 악당의 미소를 지었다.

"완전히 뒤통수치는 거지. 빼박도 못할 거 아니야. 고객 만족이 최우선이라매?"

은지는 변태의 미소를 지었다. 주희가 깔깔 넘어가면서 은지의 어깨를 후리기 시작했다. 그야말로 완벽한 복수가 이루어질 것 같았다. 놀이터엔 둘밖에 없었다. 하늘은 파랬다. 내일도 여지없을 것 같았다. 기분 최고였다. 주희는 소리쳤다.

"씨발!"

밤엔 비가 쏟아지더니 아침이 되자 더 화창했다. 반전은 없었다. 오늘의 가장 큰 계획은 역시나 빙수 가게에 가는 일. 가족들도 주희가 들뜬 걸 알아챘다. 혼자 보물섬에 가는 기분이었다. 오늘이 생일 같았다. 점심을 먹자마자 나갈 채비를 했다. 오랜만에 머리를 빗었고 변수를 없애기 위해, 정말로 변수를 없애기 위해 모닝똥도 빼놓지 않고 해결했다. 활주로를 달리는 비행기 같았다. 어쩌면 이미 하늘 위를 날고 있었는지도 모른다. 그 정도로 신났다.

드디어 다시 왔다. 유리문 너머로 그가 비쳤다. 통유리로 된 가게 모양 때문에 그 안에 있는 모든 것들이 전시품처럼 느껴졌다. 어쩐지 주희는 자기가 서 있는 곳이 가게 바깥인지 가게 안인지 확신할 수 없다는 기분이 들기도 했다. 아직 은지에겐 가게가 어디 있는지 말하지 않았다. 문밖에 있는 주희를 알아보고 그가 웃었다. 주희도 웃었다. 그 알량한 웃음, 금방 사라지게 해주지.

"금방 오셨군요. 사실은 마음에 드셨나 봅니다."

테이블로 안내받은 주희에게 주문지를 건네면서 그가 말했다.

"진짜 맛있는 빙수가 떠올랐거든요."

주희는 일부러 절제된 웃음을 지었다. 더 웃었다간 웃음을 참지 못하고 속셈을 들킬 것 같았다. 상대는 선수다. 한 치도 방심해선 안 된다. 서둘러 주문지를 내려보았다. 펜을 들고 또박또박 적었다.

사장님이 가장 잊어버리고 싶은 것

그것을 내밀었다. 그의 미간이 한 번 살짝 찌푸려졌다가 돌아왔다. 그는 입술을 안으로 말아 넣고 한동안 주문지를 바라보았다.

"정말 이걸로 하시겠습니까?"

그가 물었다. 주희는 고개를 끄덕였다. 주희의 얼굴엔 여전히 웃음이 있었다.

"기대에 못 미치시더라도 저희가 책임질 수 없습니다."

"괜찮아요. 분명 제 맘에 꼭 들 거니까."

그의 분위기는 달라지지 않았다. 하지만 골탕 먹였다는 건 확신할 수 있었다.

"금방 준비해 드리겠습니다."

주문지를 들고 돌아가는 그의 뒷모습에서 패배감이 보였다. 복수는 이뤄졌다. 분명 빙수도 완벽할 게 분명했다. 아주 잠깐, 그가 맛대가리 없는 빙수를 들고 오진 않을까, 생각했지만 그의 분위기로 봐선 그럴 일은 없었다. 그에게 있어서 주희는 지금 권력자였다. 빙수를 기다리는 시간이 짜릿했다. 에어컨 바람 덕분에 온몸이 쾌적했다. 유리창 너머로 사람들이 여유롭게 다니는 게 보였다. 오후 중에 가장 날 좋은 때였다. 얼음 가는 소리가 들렸다. 오늘도 가게엔 사람이 많았다. 역시 혼자 온 사람들뿐이다. 묵묵히 스푼으로 빙수를 떠먹는 그들을 봤다. 뭔가 덧없다는 얼굴들. 대개 기분 좋은 얼굴들이었지만, 마냥 즐거워 보이지도 않았고, 그렇다고 해서 쓸쓸해 보이지도 않았다. 오히려 여유로웠다. 어쩌면 저런 게 행복의 형태가 아닐지 싶었다. 각각 앞에 둔 빙수는 하나도 빠짐없이 먹음직스러웠다. 맛있는 과일은 죄다 쓰는 것 같았다. 여기 있는 빙수를 다 모으면 무지개를 만들 수 있겠다는 생각도 들었다. 딸기 망고 바나나 멜론 블루베리 포도. 달다. 생각만 해도 달아. 어제 먹었던 딸기빙수의 맛이 입에서 되살아나는 기분이었다. 어느새 얼음 가는 소리가 들리지 않았다. 카운터 쪽을 보니 그가 오고 있었다. 잊어버리고 싶은 기억과 함께. 그가 가져온 빙수의 모양은 이랬다. 둥그렇게 쌓은 얼음 위를 파고, 그 자리에 망고 과육과 시럽을 가득 채운 것이었다. 화산이다. 그야말로 망고 화산이야. 정수리에서 벌써 달콤함이 솟구치는 것 같았다.

"앉아도 되겠습니까?"

그는 주희의 맞은편 의자를 빼고 앉았다. 참, 그랬다. 이 망고 화산은 그가 가장 잊어버리고 싶은 기억의 모양이다. 빙수를 먹으면서 이야기를 들으라고 그가 말했다. 중간에 손님들이 계산하거나 새 손님이 가게에 들어올 땐 자리를 떠났다가 돌아와, 다시 이야기를 이어 갔다. 주희는 스푼으로 망고 토핑과 얼음을 함께 떠냈다. 얼음이 파이자 가득 찼던 망고 시럽이 흘러내렸다. 주황색 시럽이 빙수 둘레를 빙 돌았다. 얼음이 시럽에 잠긴 것 같았다.

그가 열한 살일 때의 일이다. 천주교 집안이라 성당을 다녔었고, 여름에 성경캠프에 갔다고 했다. 성당에서 아이들을 지도하는 선생님들과 신부님, 그리고 아이들이 이틀을 함께 보내면서 더 큰 신앙심을 갖게 하기 위한 자리였을 거라고 했다. 신앙심에 대한 부분은 그의 추측이었다. 거기에 대해선 자세하게 기억이 안 난다고 했다. 그도 그럴 것이 그의 신앙심은 그날 완전히 박살 나버렸다.

예수의 고통을 체험하는 시간이 있었다. 아이들에게 자기 몸만 한, 하드보드지로 만든 얄궂은 십자가를 지게 한 다음, 네 발로 엉금엉금 언덕을 오르게 했다. 그는 이 부분에서, 그건 분명한 아동학대였다고 강조했다. 하지만 그의 목소리는 당당하지 못했다. 바로 그때 선생님들이 머리에 악마의 뿔이 달린 머리띠를 쓰고 나타났다. 그 머리띠에 달린 뿔이 정말 빨갰다고 그가 말했다. 네 발로 엉금엉금 기어오르는 아이들 옆에서 악마 역할을 맡은 선생님들이 아이들을 구슬린 것이다. 배교. 즉, 하느님을 배신하면 자신들처럼 편하게 돌아가게 해준다고 말했다. 그는 엎드린 아이들 옆에서 선생님들이 두 발로 걷는 게 그렇게 즐거워 보였다고 말했다. 나쁜 어른들. 나쁜 악마들이 아니라 나쁜 어른들이라고 했다. 악마가 나쁜 게 아니라 아이들을 놀려 먹는 어른들이 나쁜 거라고 되짚었다. 이 부분에선 주희도 공감할 수 있었다. 그런데 하필이면 자기 친구가 악마 뿔이 달린 머리띠를 하고 신나게 언덕을 내려가는 거다. 그게 너무나 편하고 즐거워 보여서 자기도 모르게 옆으로 튀어 나갔다. 홀라당 넘어가 버렸다. 악마들에게. 어른들에게.

어른들의 꾐에 넘어간 아이들은 봉고차를 타고 따로 숙소로 돌아갔다. 그리고 가는 중에 아이들에게 달콤한 미숫가루도 마시게 해줬다. 다른 아이들이 너무 맛있게 마시는 걸 보고 자기도 그러고 싶었지만, 차례가 오지 않았다. 결국 물 한 모금 없이 그 바퀴 달린 찜통 같은 봉고차를 타고 돌아온 거다.

숙소에 도착하자 순진한 아이들을 기다리고 있던 건 신부님이었다. 신부님은 아이들에게 두 손을 들게 해 벌세우고 '배교'에 대해 엄하게 꾸짖었다. 우는 아이가 생겼다. 더운 봉고차 안에서 아이들은 땀을 뻘뻘 흘렸다. 그는 다른 아이들과 다르게 화가 났다. 정말로 화가 났다. 언덕을 네 발로 기어오르게 한 것도 모자라 자기들이 속여 놓고선 되레 꾸짖는 거다. 그리고 미숫가루를 준다고 해놓고 주지도 않았다. 그게 중요했다. 그는 미숫가루를 먹지 못했다! 하지만 그는 폭발하지 않았다. 예절을 모르는 아이가 아니었다. 터지

126

기 일보 직전일 뿐이었다.

학부모들이 아이들의 얼굴을 보러 오는 시간이 되었고, 어머니를 만난 그는 더는 성경캠프에 있고 싶지 않다고 말했다. 이 대목에서 그는, 만약 그때로 돌아간다면, 이딴 병신 같은 데에서 더는 있기 싫다 말했을 거라고 했다. 아무튼 그런 말은 못했던 거다. 그의 어머니는 집에 돌아가고 싶어 하는 아들을 보고 난처해했다. 결국 어머니는 그를 데려가지 않았다. 어머니가 돌아가는 것을 그가 따라가려 하자 다른 어른들이 막았다. 그때 기억으론 그 어른들은 어디서 온 어른들인지도 몰랐다고 한다. 그는 모든 게 억울했다. 성경캠프에 온 것도, 언덕을 네 발로 기어오른 것도, 집에 돌아가지 못하는 것도. 그는 아이의 눈물을 흘렸다. 어렸을 때부터 그는 억울한 일이 있으면 울보가 됐다고 말했다. 그런데 그때, 아까 그 어디서 온지도 모를 어른 중의 하나가, 그를 달랜답시고 망고 주스 팩을 들이밀었다. 그는 집에 가고 싶다고 했다. 어른은 주스를 마시고 기분을 풀라고 했다. 그는 집에 가고 싶다고 했다. 어른은 기분을 풀라고 했다. 그는 팔을 저어 주스 팩을 밀었다. 주스 팩이 다시 그의 얼굴 앞에 다가왔다. 그는 주스 팩을 꽉 움켜쥐고 그것을 바닥에 내리꽂았다. 보고 있던 어른들이 전부 얼음이 됐다. 그는 무릎을 들어 발뒤꿈치로 힘껏 주스 팩을 짜부라뜨렸다. 작은 구멍으로 망고 주스가 뿜어져 나왔다. 침묵이 주황빛으로 퍼져나갔다. 얼음이 된 눈빛들이 그를 둘러쌌다. 성경캠프였고, 그는 그야말로 악마였다. 악마 흉내 내는 어른들과는 달리 그는 정말로 악마가 된 것 같았다. 그리고 아직은 아이였다. 그가 말했다. 나중에 깨달은 건데, 그 일은 천주교 집안에서 악마가 태어난 거나 다름없었다고. 자신의 어머니는 또 하나의 어린 양을 데려온 게 아니라 악마를 데려온 게 되었다고. 그게 전부 자신 하나 때문이라 말했다. 그리고 덧붙였다. 자기 때문에 어머니가 얼마나 많은 고해성사를 했을지 모른다고.

망고 시럽을 입에 머금은 채 가만히 있었다. 망고 빙수는 깨끗이 사라졌다. 예상대로 달았다. 완벽한 맛이었다. 아쉬운 마음에 빈 그릇의 바닥을 스푼으로 문질렀다. 이건 무슨 기분일까. 끔찍한 이야기였다. 어른들한테 둘러싸인 채 주스 팩을 집어 던지다니. 그것도 모자라 발로 뭉개버리다니. 정말로 악마의 이야기였다. 그 주인공이 바로 앞에 마주 앉아 있다. 그는 이야기를 마친 다음 한동안 말이 없었다. 주희의 말을 기다리는 듯했다. 그게 질책의 의미였는지, 격려의 의미였는지는 알 수 없었다.

"잊어버려도 좋았을 텐데."

주희가 말했다. 그는 떨어뜨렸던 시선을 들어 주희를 바라보았다.

"그렇게 잊어버리고 싶었으면 이런 식으로 꺼낼 필요 없잖아요. 계속 묻어두면 언젠가는 잊혔을 텐데."

그는 묵묵히 들었다. 차분했다. 주희는 슬펐지만, 눈물이 나진 않았다. 입에서 자꾸 망고 맛이 났다.

"말했잖습니까. 손님의 만족이 최우선이라고."

그가 말했다. 주희는 헛웃음이 나왔다. 그게 뭐라고. 그는 잠깐 악마의 탈을 썼을 뿐인 아이였다. 그리고 지금은, 그 위에 어른의 탈을 썼을 뿐일지도 모른다.

"잊을 만한 것들은 이미 다 잊어버렸는지도 모릅니다. 하지만 아직도 잊어버리지 못했다면, 그럴 만한 이유가 있지 않을까요? 부끄럽지만… 그게 제 삶을 증명해 주는 걸지도 모르죠. 또, 덕분에 이렇게 멀쩡하게 사는 걸지도."

가게를 나와 하얀 햇살을 맞았을 때, 여기서 처음 시켰던 빙수가 떠올랐다. 그가 왜 다 녹은 빙수를 치우지 않았는지, 왜 자기가 그걸 치워달라고 하지 않았는지 주희는 이제야 알 수 있었다. 그걸 그릇째로 들고 마시지 못한 게 아쉬웠다. 얼음이 녹아 물이 된 빙수. 얼음이라고 부를 수 없는 얼음. 얼음처럼 차가웠을 얼음물. 목을 타고 내려오면 어땠을까. 얼음 가는 소리가 햇살을 타고 울었다. 떨리는 마음에 대고 그 다정한 소리를 읽었다.

진짜 시원했을 거야. 얼어버릴 만큼.

사랑하지 않던

웬 참새 떼마냥 돌부리를 살살 내민 어귀에도 성큼성큼 오르고저. 종놈이라야 원체 집안에서 가만히 있는 일이 없어 그러려니 하겠다마는, 고 계집은 어젯밤 고라니 꿈을 꿨나 앞장서더니 얼른 오라고 야단이로다. 그래 솜나물 같은 은이는 제집 종놈인 옥동이와 산 나들이를 나왔으렷다.

"어멈!"

하며 꼭 저 닮은 꽃이 있다고 풀숲으로 들어가 코빼기도 보이질 않으매, 뭔 일이라도 날 성싶어 옥동이도 아씨를 부르며 따라가노니. 글쎄 치마폭을 붙든 아씨가 낭떠러지로 발을 디디는 게로구나!

"거기 꼭 붙어 계시어요."

하긴 했지만, 당최 아찔한 산 아래를 보는 것도 능청스럽지 못하고저. 그래도 저 말썽꾼을 가만 놔두랴. 눈을 질끈 감았다가 실눈으로 바늘만큼 보고는, 다시 확 질끈 감으면서 은이에게 바들바들 다가가느니라. 뻗을 대로 뻗은 손에 닿을까 말까 휘휘 저어보니, 아까 치마폭을 붙들고 있던 아씨의 팔이 스쳤던 것인고. 번갯불같이 눈을 뜨는 옥동이렷다. 그러자 냉큼 은이가 비명을 지르는 게 아닌가.

낭떠러지에 매달린 꽃을 따려다 기어코 돌 쪼가리에 발이 미끄러졌을지니. 제 몸은 상관 하지 않는답시고 떨어지는 아씨를 낚아채고 보니 그대로 둘이 곤두박질칠 꼴이로다. 제법 높지는 않았던 데라도 둘 중 하나는 과연 바닥 신세를 면치 못하리라. 옥동은 아씨가 몸져누워 집안에서 맞아 죽으나 지금 떨어져 죽으나 매한가지려니 하고는, 떨어지는 순간 제 발을 내밀어 디디고저. 그래 한쪽 발목이 가루가 되어버렸느니라. 품에서 몸 성히 나온 은이가 기겁하매, 한시 바삐 집안의 사람을 부르러 뛰어가느라고 그 우라질 꽃도 팽개쳤으렷다. 아픔에 몸서리치던 옥동이 눈으로라도 아씨를 쫓으려고 보니 바위떡풀이로구나.

청주의 제일가는 윤 대감 댁에서만 십수 년을 종노릇만 한 옥동이는 그리하여 남은 일평생을 절름발이로 살게 됐느니라. 천진한 윤 대감의 여식은 코흘리개일 적부터 팔자에도 없는 오라버니 노릇을 톡톡히 해냈던 옥동이가 그 꼴이 됐으니, 혼인 적령기인 열다섯 해가 되었어도 도통 시집에 들려고 아니하렷다. 허나 윤 대감의 고집도 보통 고집이 아닌 게로다. 웬 세상이 무너지기라도 하나, 얼른 은이를 시집 보내지 않고는 못 배기노니. 명망 높은 어느 집안에 시집 보내 홀아비인 저처럼 살지 않는 게 소원일 성싶다. 은이는 그래도 기어코 안 간다고, 안 간다고 떼를 썼으되, 아비의 싸리비 같은 수염이 화가 나면 시커먼 바늘같이 저를 쑤실 듯이 박차고 오는 걸 당해내지 못하는구나.

"그럼 옥동이도 데리고 갈 것이어요."

"어디 병신을 혼수로 한다는 게냐."

그래 옥동이와 생이별을 한 은이는 윤 대감과는 돈독한 나씨 집안의 인물 좋고 성품 좋기로 풍문이 자자한 자제에게 시집을 갔느니라. 허나 생이별은 또 생이별이요, 안으로나 밖으로나 도통 나무랄 게 없는 서방을 두고도 옥동이를 눈에 담지 않고서야 못 배기는 게로다. 과연 야밤에 몰래 시댁을 빠져나와 윤 대감 댁을 기웃거렸지만, 담벼락 너머로는 당최 들여다볼 수가 없구나. 찬 달빛 아래로 쓸쓸히 시댁에 돌아와서도 다음 날 마음이 심술을 부리는 것이렸다. 또 몰래 빠져나와 옥동을 찾아가니 아니 글쎄 대문 앞에 윤 대감이 떡 하고 서 있는 게 아닌가. 영문을 알 수 없으매, 일단은 아비한테 가기는 하는데 버럭 으름장을 놓을지니. 어디 서방을 둔 부인이 다른 사내를 찾아 야밤에 시댁을 나서냐는 것이리라. 그러고는 이 아비가 사는 꼴을 보고도 모르냐는 투였으렸다.

대감에게도 과연 부인이 있었으리라. 그 여인은 은이의 어미 되는 사람이요, 대감이 대감으로 불리기도 아주 오래전의 일이로다.

"진주야."

아직 도령일 적의 대감이 집안의 어느 계집종을 부르고저.

"예 도련님, 부르셨어요."

이름대로 고운 몸짓을 하며 진주가 다가올지니. 눈은 여우처럼 크지 않았지만, 그믐처럼 예뻤고, 입 모양은 꼭 수련잎 하나를 둘로 나누어 놓은 듯하구나. 말할 때 벌어지는 그걸 보고 있노라면 다홍 파도가 넘실거리며 다가오는 기분이 드는고.

"이리 앉아 보아라."

"무슨 일이어요?"

윤 도령은 진주에게 손을 내보라며 제 손을 들이미는구나.

"어멈, 이것이 뭣이어요!"

"은銀이다."

그녀는 집안의 온 사방을 두리번거리노니.

"그러면 너는 싫으냐."

차마 싫다고는 하지 못한 진주는 그 고운 것을 만지작거리는가 하면, 집안을 또 빙 둘러보고는 다시 그에게 어미 잃은 고양이처럼 눈을 돌렸으렷다. 그는 달리 아무 말도 아무 일도 하지 않았던 게다. 그것으로 진주도 그렇게 해주었으면 하듯 따뜻하게 그리고 천천히 눈을 깜박였을지니.

"정말로 어떡한담…"

진주는 그 가락지에 요술이라도 걸린 것처럼 자꾸만 문지르며 두근거리는 불안에 물들었을지어다.

윤 도령은 그래 혼인 적령기가 한참이 지나고서도 장가를 들지 아니했던 게로구나. 집안에서도 진주와의 관계를 어느 정도는 눈치채고 그에게 언질을 주었지만, 고집을 부리고 진주와 맺어달라기에 그의 부모는 그만한 골칫거리가 없었을지니. 계집종 하나쯤이야 어디서든 새로 구할 수 있지만, 진주는 이미 집안에서도 종놈 중에서 가장 오래 두어 그만큼 정이 있는 아이가 아니겠는가. 그래 이러지도 못하고 저러지도 못했으렷다.

어느 날, 둘은 늦은 밤에 집을 몰래 빠져나와 순시하러 다니는 포졸들을 피해서 아무도 모르는 숲으로 향하노니.

"여기가 어디어요?"

일탈을 저지르는 것이 마음에 걸린 진주가 그에게 묻는 게로다.

"이 청주 바닥에서 여길 아는 사람은 이제 너와 나 둘뿐이렷다."

초조해하는 것 같은 그녀의 손을 잡아당기며 윤 도령은 숲속 깊이 어딘가를 찾아가고저.

"어멈!"

진주는 황홀경에 빠져 저도 모르게 소리 지르는구나. 눈앞엔 세상을 맑은 빛으로 양팔 안에 가득 담은 호수가 보였고, 그 주위를 푸르른 나무들이 둘러싼 채로 밤하늘 소쿠리에 반짝이는 별들을 잔뜩 모아 머리에 이고 있던 것인고.

"이런 데를 어떻게 알고 온 것이어요?"

곁에 선 윤 도령을 그녀가 참새처럼 돌아보며 물었을지니. 그는 호수에 시선을 두고 아무 말도 없는 게로다.

"제 팔자에 이런 경치를 보는구먼요. 도련님 덕에."

진주는 바람에 나무들이 고개를 살랑거리는 걸 보며 말하노니.

"내 언젠가 저 맑은 세상처럼, 반짝이는 별처럼 고운 여인을 찾으면 여길 꼭 데려오겠다고 마음먹었었다. 그리고 평생 그 여인을 곁에 두겠노라고."

"예?"

윤 도령은 두 손으로 가락지가 걸린 진주의 손을 애틋하게 잡았을지어다. 그리고 또 아무 말도 하지 않았느니라. 진주는 조금 지나 자연히 그의 품에 안겼느니라.

그리하여 오래 지나지 않아 둘 사이에 아이가 태어났을지니. 윤 도령은 비로소 그녀와 맺어질 수 있노라고 믿었던 게로다. 허나 집안에선 진주가 낳은 아이가 윤 도령의 자식이라는 걸 알아차리자마자, 아직 부풀었던 몸이 다 낫기도 전에 그녀를 내쫓아 버린 게 아닌가. 가문의 오점이라 하여 아들의 자식이 노비에게서 났다는 걸 용납하지 못한 처사였을

고. 도령이 집을 비운 사이 벌어진 일이라 언제 집을 떠났는
지 어디로 떠났는지도 알 수 없었으렷다. 그렇게 아이의 어
미는 자식이 기어다니는 것도 보지 못한 채 쫓겨난 게로다.
진주의 손에 걸어주었던 가락지를 떠올리며 그는 아이의 이
름을 짓고 홀로 아비가 되었느니라.

　이러한 자초지종을 알 턱이 없는 은이가 과연 대감의 말
을 듣겠는가. 기어코 또 야밤에 옥동이를 찾아 나섰을지어
다. 허나 이번엔 그만 순시를 도는 포졸들에게 들통이 나버
렸구나. 그래 시댁에서도 알게 됐느니라. 은이의 시아비 시
어미 되는 나씨 집안 어른들은 이를 크게 꾸짖고는 시댁에
서 한 발짝도 못 나가게 했으렷다. 그로부터 옥동이를 그리
며 슬피 우는 것 말고는 달리할 수 있는 게 없을지니. 은이는
또 문득 이렇게 떠올리는구나. 사나운 심보로 확 절름발이
가 되어버리면 시댁에서 쫓겨날 수 있을 성싶을까. 발목을
분지르려고 어디 좋은 게 없나 찾아보고저. 저기 마당에 그
집안 종놈들이 쓰다가 그대로 둔 망치가 보이느니라. 얼른
집어 하늘에 닿도록 번쩍 들어 올리는 게로다. 바로 발을 뻗
어 마루 밑에 붙은 돌계단에 얹고저. 장작 패듯이 확 쪼개버
리려는 찰나에 망치를 붙든 손을 또 누가 붙잡는고. 고개를
홱 돌려 보니 은이의 서방이 아닌가. 새삼 은이는 옥동을 떠
나보냈다는 것을 깨달았느니라. 이 손을 붙들고 있는 게 옥

동이었으면 좋으련만. 이러매 서방 앞에서 눈물을 와락 쏟아내는구나. 서방은 아직 솥에 넣지도 않은 송편처럼 어여쁜 색시의 얼굴이 축축해지니, 제 잘못도 아니거니와 미안한 마음을 품어 보이올시다.

"당최 무슨 일이오?"

색시에게 물었는고. 은이는 슬픔에 구박당하면서도 잘난 서방의 목소리에서 부드러움을 느끼는 게로다. 그만 옥동에 대한 그리움만큼 애꿎은 서방을 괴롭힐 성싶을까 걱정도 커다랗게 자라는구나.

"기실…"

서방에게 시집 들기 전의 일을 고하노니. 과연 서방은 깜짝 놀라지 않을쏘냐. 그래 은이는 자기를 천박하게 볼까, 찜찜한 기분이 들면서도 속으로는 다시 아무렴 어떠냐고 고집을 기워냈느니라. 허나 서방도 예사로운 사내가 아니었을지니. 놀란 것은 놀란 것이었을 뿐 어째 슬퍼하는 색시 탓에 가슴이 더 아려오는 게로다.

"그런 일이었소."

아까 그 망치를 치워버리고는 꼬옥 색시를 안아주었느니라. 서방이 하는 일을 예상치 못한 은이는 울다가도 그의 따뜻한 품에 얼굴이 닿자 차츰 눈물이 잦아드는구나.

"제가 밉지 않으시어요?"

고양이 같은 눈망울로 올려다보매,

"혹 최우청이라는 도령을 아시오."

서방은 침착하게 물을지니. 속으로는 그 눈이 참 아름답구나, 하는 마음을 가지노라.

"최 도령이라면 예전에 혼사를 맺으려다 그쪽에서 돌연 물러서 없던 일이 되었었지요."

"내 그 사내를 소싯적부터 가까이 지내 모르는 사정이 드물 것이오. 헌데 그 사내도 꼭 당신과 닮았소."

"그것이 무슨…?"

우청은 한가로이 마을 뒤편에 있는 언덕에 오르며 벌레들이 폴짝거리는 걸 구경하노니. 여름 햇빛이 하얗게 풀잎을 비추며 띠를 두르는 걸 따라 한 걸음씩 나란히 디디는 게로다. 그렇게 깨나 언덕을 올랐을 때쯤, 저만치 사람 둘이 보였으렷다.

산어귀를 들락거리는 그들을 그래 누군지 살펴보았더니 아니 글쎄, 윤 대감 댁 영애와 그 댁 종놈이 아니겠는가. 그리곤 또 뭘 하고 있는지 잠자코 지켜보니, 앞서가던 여인이 풀숲으로 폴짝 사라지는 게로다. 종놈도 폴짝 사라지는 게로다. 대관절 눈에 들어오는 게 없어 궁금한 것을 못 견뎌 멀리서 빙 돌아가 보고저. 저것을 어쩜담! 그 둘이 절벽에서 부둥켜안고 확 뛰어내리는 것이 아닌가. 아찔한 마음에 고개를 확 돌렸느니라. 허나 곧 무서운 것은 속에서 치워버리고 아련한 마음이 솟구치는 것이올시다.

그 둘은 과연 애달픈 한 쌍의 학이나 다름없어 보였을고. 이루지 못할 사랑을 위해 끝끝내 절벽에 몸을 던진 게로구나. 그는 제 발소리가 들리지 않게 슬그머니 언덕을 내려왔느니라.

"아버지."

집으로 돌아가자마자 바로 제 아비를 부르고저. 무슨 일인고, 하며 최 진사는 기지개를 쭉 켜고 마루에서 아들을 돌아보았으리라.

"윤 대감 댁과는 혼사 치를 일이 없겠습니다."

"무슨 뚱딴지냐."

"아니, 다른 댁과도 치를 일이 없어졌사옵니다."

"그게 무슨 소린 게냐. 장가를 아니 들겠다니."

자다가 닭 울음소리를 들은 듯, 아들에게 놀란 기색을 하는 것이렷다.

"홍의랑 맺어주시어요."

홍의라 함은, 우청의 애정을 독차지한 바로 그 계집종이로다. 그의 눈빛은 까맸지만 어딘지 푸르른 확신이 감도는 것 같구나.

"뭦이?"

놀란 데에 더 놀라니 최 진사는 하늘로 슉, 하고 솟아오를 뻔한 것이올시다. 온몸이 위로 쭉 뻗은 양이로다.

"실없는 소리 마라."

이내 몸을 돌리고 진사는 이렇게 말하노니.

"어디 종놈이랑…"

"그러면 장가를 아니 들지도 모릅니다."

그는 그래도 여즉 버티고 섰는고.

"뭐, 뭘 잘못 먹은 게냐? 홍의랑은 이미 맺어질 수 없는 것이라 진즉에 일러뒀거늘. 기실 너도 그걸 받아들였으렷다."

이제는 최 진사의 몰골이 쥐불놀이처럼 빨갰다가 일렁이기 시작했느니라.

"윤 대감 댁 영애가 여즉 시집가지 않는 것도 이미 정을 품은 사내가 있었기 때문이옵니다. 그게 그 댁 종놈이었단 말입니다."

그 말을 들으면 아버지가 생각을 바꿔줄 거라고 믿었던 게로다. 이 부락에서 으뜸가는 집안의 자제도 하는 짓이라면 분명 자신이 저질러도 마땅한 처사라고 생각했으리라.

"네가 고작 그런 저질스러운 짓거리를 따라서 한다는 것이렷다!"

최 진사는 예의 그 홍의를 불러 바가지에 소금을 가져오게 하고 그것을 아들에게 확 끼얹었는구나.

"꼴도 보기 싫은 놈."

그는 거기 둘을 그대로 두고 혼자 안방으로 들어가 버렸을지니.

"당최 무슨 일이어요."

영문을 모르는 홍의가 불안하면서도 놀란 기운으로 도령의 몸에 있는 소금을 털어냈느니라. 우청은 그런 그녀의 고개를 손으로 감싸며 품에 안는 게로다. 그녀는 그의 부드러움에 한 번 더 놀랐으리라.

"무슨 일이어요, 예?"

이러매 최 진사 댁 쪽에서 느닷없이 혼사를 물렀던 것이 그제야 이해가 가는 은이었노라. 그래 서방이 또 이렇게 묻는고.

"나와 함께 가보는 것이 어떻겠소."

"어딜 말이어요?"

"처가에."

은이는 쉽사리 입을 열지 못했느니라. 서방과 눈을 맞추지도 못하고 머릿속으로 제 아범과 옥동이를 떠올리는 게로다. 과연 아버지는 다신 얼씬도 말라는 투였지. 옥동이는 날 보러올까. 어디 멀리 팔려 가버렸을까. 그렇담 아버지한테 가선 무얼 한담. 이러고 있을지니 서방은 또 고하렸다.

"장인께 내 옥동이를 데려가겠다고 설득해 보리다."

"어림도 없을 것이어요. 아버지는 한 번 마음 먹으면 절대 허투루 하는 법이 없어요."

"그래도 모르지 않소. 하나뿐인 딸이 이래 죽을상인데."

서방은 은이의 눈물 자국을 닦아주며 말하는 것인고. 새삼 우리 서방이 우리 아버지랬으면 얼마나 좋으련만. 그의 품에 안기노니. 슬픔은 여전했어도 울음은 더 묻어나진 않더라.

"고마워요."

그래 은이와 서방은 날이 어둑해지기 전에 처가에 가보았 느니라. 대문에서 이리 오너라, 하고 부르니 집안의 다른 종 놈이 나오더라. 과연 은이를 얼른 알아보고는 옥동이를 부 를깝쇼, 하는 소리에 은이는 또 마음이 발칵 뒤집혔으렷다. 고로 그렇게 하라는 말이 목구녕까지 올라왔으나 아버지를 뵈러 왔다고 얼버무리는 게로다.

"어쩐 일이오. 은이를 데리고."

윤 대감이 마당으로 들어온 둘을 보고 물었는고. 역시 은 이는 제 아범을 쳐다볼 줄도 모르거니와 제 서방 뒤로 자꾸 만 모양을 감추려 하노라. 이러매 서방은 옥동이 이야기를 꺼내고저. 과연 대감은 둘을 집안으로 앉히기도 전에 얼른 돌아가라고 윽박지르리라.

"은이가 왜 저런 꼴인지 알고는 있소?"

"단연 알고 있사옵니다. 그러니 귀한 따님을 그만 아프지 않게 해주시옵소서. 옥동이는 저희 집에서 탈 없이 지내게 하겠사옵니다."

"은아 이리 얼굴을 보여보거라."

대감은 서방의 말에 잔뜩 뜸을 들이더니 은이를 부르노라.

은이는 그래도 아범이 불렀으니, 얼굴을 비추긴 했을는고. 좀처럼 어색한 기운이 가시질 않는 게로다. 대감은 제 손에 끼워져 있던 은가락지를 빼서 은이에게 쥐여주었느니라. 그리고 고하노니.

"은아, 내 아이야, 잘 들거라. 이것은 내가 네 어미와 나누어 가졌던 거란다. 네 어미도 미천한 노비 신세였다. 그래서 어떻게 됐는지 아느냐. 나는 아직도 네 어미가 어딨는지도, 살아는 있는지도 모른다. 너는 그러지 말아라. 나처럼 살지 말란 말이다. 네가 그만두지 못하면 내 옥동이를 그대로 둘 수 없을 게다"

아비의 말에 은이는 가락지를 받아 들고 서러움에 잠기고 말았을지니. 허나 그 서러움은 비참한 아범의 사연보다 끝내 옥동이를 데려가지 못한 탓이 더 커다랬으렷다. 서방은 대감의 말에 더는 어쩔 수 없으리라 생각했는고. 조용히 은이를 데리고 집에 돌아왔느니라.

밤이 내려앉고도 우울한 기운을 여즉 붙들고 있는 각시에게 서방은 생각이 있는 듯 다가왔노니. 기척을 느낀 은이는 슬픔을 꼭 손에 두었던 것마냥 그것을 뒤로 숨기는 모양이로다.

"미안해서 어쩔 줄 모르는 일이어요."

"몰래 찾아가 보는 게 어떻겠소."

"어딜?"

"옥동이한테."

"집안에 들어도 못 만나는데 무슨 수로 찾아갈는지."

"그게 있잖소. 그걸 한 번 옥동이가 있는 곳에 던져보시지요."

"이걸 말이어요?"

"장인 모르게 옥동이와 약조하는 거요. 약조한 곳에서 꼭 만나자고."

이래 은이는 서방의 도움으로 야밤에 시댁에서 나와 몰래 처가로 발길을 옮기노니. 대문을 지나쳐 옥동이가 있는 방에 가까운 담벼락으로 오긴 했을는고. 허나 제 키보다 높아 손에 든 걸 던져도 옥동이가 알아차릴 턱이 없으렷다. 그래 어찌하랴. 하는 수 없이 맨손으로 담벼락을 기어오르는 게로다. 목화솜 같은 손은, 담을 쌓은 돌을 짚기에도 도통 이롭지 못할지니. 손끝이 제법 까지고 뻐근할 정도가 되고 말아야, 간신히 담벼락 위로 고개를 넘길 수 있었으리라. 그리곤 낮에 받은 그 은가락지를 옥동이가 있는 문지방에 힘껏 집어 던지는구나.

힘이 다한 은이는 담벼락 아래에서 주저앉아 버렸을지니. 이내 아무런 소리도 없어 불현듯 또 슬픔이 몰려드는 게로다. 그만 시댁으로 돌아가야겠다고 흙먼지를 털고 일어나 떠나려던 찰나. 담벼락 너머로 털썩, 털썩. 불편한 걸음걸이가 소리를 내는 게 아닌가. 아닌 밤중에 땡그랑 소리를 내며

문지방 앞에 은가락지가 떨어져 있는 것을 보고 옥동이가 심상치 않아 담벼락으로 걸어온 것이렷다.

"아씨?"

"옥동아, 옥동아."

"당최 무슨 일이어요."

"이 집 뒤편에 언덕이 있지 않던. 내 곤시[1]마다 거기서 기다릴 테니 혹 집 밖을 나서는 일이 있거든 꼭 거기서 만나자꾸나. 우리 약조하자."

"…예, 아씨. 약조하겠구먼요. 어서 돌아가시어요. 좀 있으면 자시[2]가 가까울 것이어요."

은이는 기쁜 마음으로 시댁에 돌아갔노라. 그래 옥동이는 그 은가락지를 들고 담벼락에서 발이 떨어지지 않았을지니. 쌀쌀한 밤기운에 방으로 돌아가려다 마당에 나온 대감과 눈이 마주쳤으렷다. 대감의 답답한 눈이 보이는구나. 옥동이의 쓸쓸한 눈이 보이는구나.

그날부터 대감 댁 뒤편에 자리한 푸르른 언덕에는 몇 날 며칠을 옥동이만 기다리고 있는 은이가 있었느니라. 허나 아무리 기다려도 옥동이는 올 기미가 보이질 않으니. 그날의 약조도 결국 물러간 게 아닐까. 나흘이 지날 때까지도 만나지 못했는고. 대관절 어디서 무얼 하길래 코빼기도 보이

---

1. 곤시(坤時): 오후 2시 반부터 3시 반까지.

2. 자시(子時): 자정

질 않나. 새삼 옥동이와 예전에 있었던 일을 떠올리노라. 한
삼 년쯤 전의 일이었을지니. 언젠가 은이가 옥동이를 위해
시를 지어 보였던 게로다. 허나 옥동이가 글을 읽을 줄은 모
르니 그저 붓으로 뭘 칠해 놓았나 들여다볼 뿐이렸다.

해야 달아 너희는 언제 날에 만나니
칠석날 마주할 견우직녀처럼 만나니
하늘을 쪼개 반절 접힐 제 아니 만나니

해는 따갑고 달은 차니 그걸 내려
보름 하나 초승 하나 고이 내려
연에 걸어주어 구르메 띄우면 이루어지니

"보아라 옥동아. 두 시가 하나 되지 않던?"
"지는 까막눈이어요."
"이게 두 개인 줄은 보이지 않구."
"그건 보이는구먼."
"언제 한번 글도 배우지 않으련."
"종놈이 고런 걸 배워서 어따 쓴댜."
"왜, 내 널 위해 지을 게 많지 않을라구."
"참나."
그러고 있으려니 이번엔 또 더 옛날 일이 떠오르는 은이

였노라. 아주 예닐곱일 적의 일이었을고. 윤 대감 댁에 옥동이가 막 오게 된 참이었으리라. 어느 날, 짓궂은 꼬맹이들의 장난에, 골목에서 혼자 은이가 눈물을 훔치고 있었던고. 한 다섯 살쯤 더 많아 보이는 남자아이가 다가온 게로다.

"아씨."

"…누구?"

"왜 여기서 울고 있는 거여요. 이러지 말고 집에 가셔요."

옥동이는 묻는 말에 대답도 않고 돌아서서 앉았으렷다.

"이리 업히셔요. 얼른 모셔다드릴 테니."

은이는 처음 보는 웬 잡놈의 말이었는데도 그 모습이 마치 오래전에 잃어버린 오라버니를 보는 듯하구나. 순순히 등에 업히니 흙냄새가 나는 듯도 허구 땀 냄새가 구수하게 나는 듯도 허구. 어디서 굴러들어 온 놈인고. 집에 새로 들어온 종놈인고.

"집에는 안 간단다."

"그럼 어디로 모셔요?"

"언덕에 오르지 않으련."

그래 옥동이는 은이를 업고 언덕을 오르면서도 힘든 기색 하나 없더라. 종놈이라야 은이보다 고작 다섯 살 많을 뿐인데 그 골목에서 대감 댁을 빙 돌아 언덕까지 오는 데에도 쌩쌩하였느니라.

"종종 혼자 오시어요?"

은이를 내려주고 옥동이가 물었을고.

"응."

"여기선 혼자 무얼 하시어요?"

"이래 내려다볼 뿐이란다."

"심심치 않으셔요?"

"그럼 같이 오지 않으련."

"그야 당연한 일 아니어요."

"또 업어다 주지 않으련."

"마루에서부터 모셔다드리어요."

"맨날 업어다 주지 않으련?"

"절름발이가 돼도 아씨는 꼭 업어다드리어요."

"약조해줘야 한단다."

"약조해드리어요."

오늘도 과연 어둑어둑해지니 은이는 시댁으로 쓸쓸히 돌아가게 됐느니라. 이만하면 그만둘 때도 되었을까. 집안으로 들어서면서 그런 마음을 가지는 은이로다. 허나 은이를 보자마자 서방이 얼른 다가오는 게 아닌가.

"알아야 할 일이 있소."

"그것이 무엇이어요?"

"옥동이가 옥에 갇혔다 하오."

"예?"

그래 밤이 굴러떨어졌어도 얼른 옥동이를 찾아가노니. 또 아닌 밤중에 부스럭거리는 소리 때문에 옥동이는 누가 나타났나 옥사에 드리운 달빛으로 나무 창살 너머를 살피려 들었느니라. 과연 달빛으로 누가 들어오는지 대번에 알아보는고.

"아씨."

"옥동아, 옥동아. 며칠을 있었던 것이야."

"그날 하루 지나고부터 계속 있었다지요."

"뭔 잘못이 있다고 이래. 네가 뭔 잘못이 있다고."

"아씨."

"그래 옥동아."

"다신 찾아오지 마시어요."

"그게 무슨 소리냐. 어찌 그런 말을 해. 아버지도 그렇고 왜 너마저 다신 오지 말라는 것이야."

"아씨. 이 종놈은 이제 아무짝에도 쓸모없어요. 아씨 따라서 쫓아가지도 못하는 절름발이여요."

"업어준다며. 절름발이가 되어도 업어준다고 하지 않던."

"참… 고집도 세시어라. 그만 돌아가시어요. 시집 든 양반이 이러면 안 되는 것이어요."

더는 야속한 마음을 갖기 싫어 은이는 옥동일 떠날 수밖에 없었을지니. 유난히 달이 밝아 보이는 게 어째 평소보다 찬 기운이 서려 더 외로운 기분이 들더라. 그래 옥동이는 은이를 보내고 어떠했으랴. 과연 은이를 대하듯 자연스럽게 받아들였을까. 옥동이도 실은 은이가 나타났을 때부터 불편하기 그지없었느니라. 어쩐 일인지 은이와 이야기하면서도 두 손을 주먹 쥐고 한 번도 펼친 적이 없었던 게로다. 비로소 은이가 떠나고 옥동이는 주먹을 펼쳐 내려다보았는고. 손끝 하나하나가 벌겋게 물들어 있는 게 아니겠는가. 주먹을 쥐고 있었던지라 왠지 더 아린 기분이 들었을지니. 옥동이도 그 옥사에서 은이의 시를 기억하느라고 벽에다 마구잡이로 손끝을 문질렀으리라. 글씨를 몰라 뭐라도 쓰지를 못해 그저 마구 문질렀으리라. 달빛 아래로 옥동이가 만진 벽이 어슴푸레 보이는구나. 빨간 줄기가 열 줄 그대로 굽이굽이 흘러내리는 모양이로다.

다음 날도 그 언덕에 오르는 이가 있었으니 과연 은이였느니라. 이제 약조 같은 것은 아무 상관도 없이 언덕을 오른 게로다. 그 옛날의 약조도, 다시 했던 약조도, 옥에 두고 온 옥동이도 다 상관없이 혼자 오르고는 털썩 주저앉아 또 훤히 드러나는 윤 대감 댁을 내려다보노니. 이제 은이에겐 아버지가 없었노라. 그 오랜 사랑도 없었노라. 은가락지도 없었노라. 은이의 품 안엔 새하얀 은장도 하나뿐이었을지어다.
슬프고 외로운 기분에 확 죽어버릴 생각을 하노니. 또 그럴 수는 없는 양이로다. 그 옛날 약조가 머릿속을 아른거리는 게 아닌가. 옥동이가 날 그리워하지나 않을까. 절름발이가 된 옥동이가 평생 날 그리워하지나 않을까. 제 발이 절뚝

거릴 때마다 날 떠올리지나 않을까. 그런 마음이 드니 그 은
장도는 얼른 품 안으로 다시 들어갈지니. 은이의 마음에는
또 새로운 마음이 싹트는 게로다. 그 마음은 서방에 대한 마
음이었는고. 기실 시집오고 난 뒤부터 언제나 따뜻하게만
대하던 서방이었노라.

서방은 정말로 나를 사랑해 주고 있는데. 이런 마음이 은
이의 마음속에서 사랑으로 자라났을까. 과연 옥동이에 대한
마음도 여전히 사랑으로 남아있었느니라. 허나 서방에 대
한 마음도 필시 가벼운 기분은 아니었을지어다. 은이는 다
시 아버지와 옥동이를 떠올릴지니. 다신 찾아오지 말라는
두 사람의 말이 버거웠지만 깊이 곱씹어 보지 아니할 수 없
었노라. 이대로 포기하지 않고 옥동이를 고집하면 이 셋 중
에 행복한 사람이 있을까. 아버지는 언젠가 필히 뒷목을 잡
고 쓰러질 판일 테지. 그렇담 옥동이는? 옥동이는 밖을 나서
길 좋아하는 나를 볼 때마다 슬픔에 가라앉을 것이야. 그렇
담 나는? 따뜻한 서방의 사랑을 받으면서 옥동이를 곁에 둔
것을 평생 사죄해야 할 것이야. 웃는 사람이 없을 것이야. 아
니 된다. 아버지도 옥동이도 그래선 안 된다. 나는 서방이 있
으니 못 지내진 않을 테지. 둘은 그래선 안 돼. 그래선 안 된
다. 이러매 은이는 다시 아까 그 은장도를 꺼내 드는구나. 그
리곤 손바닥을 가득 채울 만큼 커다랗게 그어버리는구나!
평생 옥동이를 기억하리라는 맹세였을지어다. 이제는 떠나

보내겠다는 맹세였을지어다.

　그래, 또 며칠이 지나 드디어 옥동은 옥사를 나와 윤 대감 댁으로 돌아왔느니라. 집안 분위기가 어지럽지 않은 걸 보니 탈 없이 지나간 모양이로다. 당연히 옥동이가 돌아온 것을 알아차린 대감은 밥상을 가져오게 해 옥동이를 먹였노니. 옥동이가 밥 먹던 걸 지켜보던 대감이 말하고저.

"은이 시댁에 가보아라."

"무슨 일이어요?"

"아무 일 없다. 내 은이 소식을 당최 들을 명분이 없으니, 네가 다녀와라."

　밥을 다 먹고 치우자, 한여름의 비가 억수처럼 쏟아졌우니. 마당에서도 걸을 때마다 찰박찰박 소리가 나는구나. 쌀 고를 때 쓰는 키를 머리 위에 뒤집어쓰고 대감 댁을 나서는 옥동이로다. 절뚝거리느라 삼베 바지 끝에 흙이 다 튀면서도 한 번도 쉬질 않고 골목골목을 지나 나씨 집안에 다다랐을지니. 그 집안 종놈이 마중 나와 용건을 물으니, 아씨가 잘 지내느냐고 물었는고. 종놈은 과연 잘 지낸다고 하니 옥동은 알았다며 얼른 자리를 뜨려고 하자 잠깐만 기다려 보라는 게로다. 옥동은 그래도 됐다며 나씨 집안 대문 앞을 떠났느니라. 절뚝절뚝. 한 열 걸음 걸었을까 뒤에서 누가 찰박찰박 소리를 내더니 옥동의 손을 붙잡고 세우는 게 아닌가. 돌아보니 은이로구나. 은이는 말없이 옥동이를 올려다보매, 머리 위로 무엇을 쓴 것도 없어 자꾸 얼굴에 빗물이 부딪히는 것이 정말로 빗물인가 아님 눈물인가. 아무리 닦아내도 그치질 않는구나. 이러매 옥동은 우울한 기분이 들었노라. 허나 아씨의 손길이 심상치 아니했는고. 옥에 갇혔을 적에 창살 사이로 제 얼굴을 슬피 어루만지던 손길과는 필히 다른 손이었을지어다. 옥동이의 거친 손등으로도 느껴지는 것이, 보통 생기는 흉터가 아니었으리라. 적잖이 패인 골짜기에서 아픔과 슬픔이, 그리고 그리움이 스미는구나. 아아, 아씨의 뜻이로구나. 옥동은 제 머리 위에 얹었던 키를 은이에게 씌워주고 돌아갔노라.

"손은 어쩌다 그런 게냐."

돌아온 옥동이를 보고 대감이 묻고저.

"넘어져서 그런 것이어요. 절름발이라."

"고놈도 참… 그래 은이는 잘 지낸다더냐."

"예, 잘 지내 보였습니다요. 손도 여전히 고사리손이어요."

"그래 알았다. 비는 또 왜 이렇게 쏟아지는지 원."

온통 젖어버린 옷가지를 벗어서 말리던 옥동은 방에 들어앉아 손에 남은 상처를 보다가 지친 기운에 잠이 들었는고. 과연 꿈에서도 그리운 누군가가 나타나는구나.

동백꽃이 핀 서천 앞바다의 백사장에서 어느 남녀 한 쌍

이 거니는 게 보이노니. 예전에 어느 종놈 때문에 시집가고
도 말썽을 부렸던 부인과 바로 그 종놈인 게로다. 허나 부인
쪽에선 제 서방도 아닌 놈을 보고 '서방' 하는데, 종놈 쪽에
선 여전히 '아씨' 하는 게 참으로 요상한 게로다.

"아 빨리 좀 와, 서방."

부인은 뒤따라오는 종놈을 재촉하노니. 그녀의 가벼운 걸
음에 모래가 착, 착, 소리 나는구나.

"아씨도 참, 누가 서방이라는겨. 딴 서방 있으면서."

종놈은 파도가 넘실거리는 걸 느긋하게 보면서 따르고저.

"정을 품은 사람을 고럼 부인이 뭐라 부르는감."

하며 그녀가 뒤돌아 다시 사내 앞을 쫄쫄 다가가 고로코
롬 고양이처럼 올려다볼지니. 고건 알아서 뭐 하냐는 듯, 종
놈은 손을 당겨 잡고는 함께 사박사박 모래 위를 바닷바람
맞으며 떠다니더라. 백사장에서 본 수평선은 하얗게 눈부셔
그 경계가 어디서부터 끝인지 가늠하기 쉽지가 아니했을지
어다. 이러매 종놈이 드는 생각이 있었으니.

'고운 걸 두고 분수에 맞지 않는다고 하지마는, 그걸 깨우
친 순간 나는 복에 겨워 사랑해야만 하는 게로구나.'

금방 해와 바다가 닿을 때가 될 즈음에, 둘은 파도가 닿지
않을 만한 데에 앉아 서로에게 고개를 기대는 게로다. 그리
고 해가 빨갛고 노랗게 퐁당 빠지는 걸 천천히 기다렸노라.

"저렇게 바다에 씻겨서 밤에는 달로 뜨는 게지."

부인은 종놈의 팔을 꼭 붙들며 말하고저. 이에 그는, 그래서 밤은 찬 것이라며 그녀의 말투를 흉내 냈느니라.

"서방, 예전에 옥살이할 때 내가 했던 말 기억하는감."

"예전이 뭐시여, 이십 일은 지났는감."

"암튼 말이여."

"나지."

그럼 얼른 해보라는 눈치로 갸웃하며 오목눈이처럼 가까이 올려다보매, 종놈은 흉터 진 손으로 그 뺨을 푹신하게 감싸고 입을 맞추고,

"내 너를"

사랑하지 않던…

원터치

버튼 하나만으로 사람을 죽일 수 있는 기계가 발명됐다. 사람의 신체에 접촉한 채로 버튼을 누르면, 상대방의 심장이 즉시 멈춰버리는 살상 무기였다. 접촉한 지점에서 혈류를 역류시켜 그 압력으로 심장을 마비시켜 버리는 원리이며, 피살자가 자기 심장이 멈췄다는 걸 알았을 땐 이미 늦어버렸을 때라, 비명조차 지르지도 못하고 죽어버린다. 벌레를 잡는 살충제처럼 아주 빠르고 정확하게. 아주 조용하게 사람을 죽이는 게 가능했다. 기계의 이름은 '원터치-킬러'. 그걸 줄여서 사람들은 원터치라고 불렀다.

원터치로 가장 먼저 살해된 사람은 발명자 한휘호 박사였다. 박사는 그걸 발명하자마자 자기 손으로 심장을 멈추게 했다. 그가 남긴 유서엔 '아인슈타인처럼 되긴 싫다.'라고 쓰여있었다.

그것의 등장 이후, 정치계와 기업계 고위 인사들의 암살

사건 역시 쏟아져 나왔다. 이에 따라 정부는 2년 뒤에 국민들, 그중 부와 권력을 가진 사람들의 안전을 위한 신체 접촉 차단 프로그램을 대책으로 내놓았다.

이미 디지털과 인간이 완전히 융합하게 된 이 시대에서, 그 프로그램은 이제 인간과 인간 사이의 신체 접촉을 완전히 차단할 수 있었다. 차단 프로그램이 있는 사람들끼리 일정 거리 이상 서로의 신체가 가까워지면 특별한 자기장이 방출되면서 서로를 튕겨내 버렸다. 하지만 한쪽이라도 없으면 프로그램은 작동되지 않았다. 이에 따라 정부는 모든 국민에게 프로그램을 몸에 이식받게 했다. 이제 인간은 인간을 만질 수 없게 된 거다. 그동안 했던 모든 접촉은 홀로그램으로 이루어졌다.

사실, 원터치를 가지고 있는 사람들은 대한민국에서도 소수에 불과했다. 처음부터 군사적 목적으로 제작됐지만, 발명되고 나서 그 성능에 대해 소문이 나자, 힘 있는 사람들이 달려들어 설계도를 빼돌린 거다. 하지만 그것도 한순간일 뿐, 정부의 프로그램이 나타나자마자 원터치는 이제 쓸모없게 되어버렸다.

승호는 살인 청부업을 일삼는 조직의 말단이다. 정부의 차단 프로그램 때문에 가장 골머리를 앓고 있던 건, 원터치로 살인 청부업을 하던 이런 조직들이었다. 그는 조직의 상부로부터 예의 그 프로그램을 몸에 이식받지 않은 사람을 찾으라는 명령을 받았다. 찾는다고 한들 조직으로 끌어들일 수 있을까 하는 또 다른 문제가 생기겠지만, 그에겐 거절할 힘이 없었다.

거처에서 길거리로 나갔다. 바퀴 없는 자동차와 오토바이가 도로 위를 둥둥 뜬 채로 지나다닌다. 사람들은 손바닥에 펼쳐지는 푸른색의 네모난 홀로그램 화면을 따라 걷는다. 몸에 내장된 장치로부터 도착지까지의 경로, 장애물, 주변 정보 같은 것들을 안내받는다. 누군가는 관자놀이를 눌러 전화를 받는다. 또 누군가는 목소리만으로 문자를 작성하고 보낸다. 이곳에선 누구도 전자기기를 손에 들고 다니지 않는다. 사람이 네트워크 그 자체다.

"김 서방 찾기구만…"

막상 밖으로 나서긴 했지만, 갈피를 잡을 수 없었다. 여기 걸어 다니는 사람 중에는 없을 테고… 나랏놈들 손이 잘 닿지 않는 사람이 누가 있으려나. 그는 먼저 노인복지시설을 군데군데 돌아다녔다.

"어쩐 일로 오셨어요?"

입구 바로 앞에 있는 데스크에서 직원이 물었다.

"아, 누굴 찾으려고요."

그는 시설 안에 있는 노인들을 이리저리 훑었다.

"찾으시는 분 성함이 어떻게 되시는데요?"

"아, 그게… 저도 잘 모르는 사람이라."

직원은 의아해하면서도 그가 시설 안을 살피는 걸 금방 허락해 줬다. 입구의 보안시스템으로 조회된 그의 신원에서 수상한 점을 찾을 수 없어서였다. 가끔 사람들이 잘 모르는 노인 때문에 복지시설을 찾아다니는 경우가 종종 있었기도 했다. 물론 직원이 본 그의 신원 자료에선 살인 청부업에 대한 것은 아무것도 없었다.

TV를 보기 위해 모여 있는 노인들에게 승호는 조용히 다가갔다. 화면에 집중해 다른 데는 관심도 없어 보이는 걸 확인한 뒤, 몰래 손가락을 세워 어깨를 찔러보았다.

"아잇!"

승호의 손가락은 한 노인의 어깨에 닿지 못하고 자기장에 튕겨 나갔다.

"실례했습니다, 어르신. 사람을 잘못 봤네요."

"젊은 놈이 차단기 있는 것도 몰라?"

차단기란 정부의 그 프로그램을 말하는 거였다. 여기도 예외는 아니었나… 혹시 몰라서 아까 그 직원을 다시 찾아갔다.

"얼마 전에 여기 공무원들 다녀갔었나요?"

"저번 주에 와서 어르신들한테 다 차단기 넣고 갔어요."

다른 데도 마찬가지겠지 아마. 승호는 밖으로 나와 담배 하나를 입에 물었다. 담뱃갑에 쓰여있는 제조사의 개업 연도에 실없이 감탄했다.

"야, 21세기 때부터네."

아직도 기술로 대체할 수 없는 것들이 있다는 게 새삼 느껴졌다. 전자담배가 나온 지도 사백 년이 넘었는데 아직도 이 맛을 대체하지 못하다니. 문득 높다란 빌딩을 올려다봤다. 대문짝만하게 걸려 있는 전광판에 광고 카피가 지나간다.

한 장으로 간편하게 시작하는 다이어트! 치킨 타올!

얼마 전, 닭고기로 만든 기괴한 게 등장했다. 키친타올에서 영감을 받았는지 모르겠지만, 네모난 곽에 들어 있는 휴지처럼 한 장씩 뽑아먹을 수 있게 얇고 넓적하게 만든 닭고기였다. 참나, 별걸 다 만드네 아주… 다이어트는 맨날 간편하면 되는 줄 아나. 부지런해야 살이 빠지지.

승호는 일인용 버스에 올랐다. 공중전화 부스 정도 크기의 버스는, 목적지를 입력하면 자동으로 알아서 움직이는 무인 버스였다. 최근 건물 수를 늘리기 위해 도로를 자꾸 좁히다 보니 이런 작은 교통수단이 훨씬 다니기 편했다. 그는 가장 가까이 있는 역으로 향했다.

역무원 노릇을 하는 로봇들 말고도 이곳에 사는 사람들을 찾아다녔다. 오로지 몸뚱어리 하나 부지할 힘만 있는 사람들. 이제는 자리를 차지한다며 눈치 주는 역무원들도 없으니, 지하철을 타려는 사람들이 지나가는 길만 제외하면 전부 노숙자들이 누워있는 자리였다. 이번에는 다짜고짜 손을 들이밀 생각은 아니었다. 일어나 앉아서 지나다니는 사람들을 구경하는 한 노숙자에게 다가갔다.

"저, 말씀 좀 묻겠습니다."

"뭐요?"

노숙자가 말했다.

"여기 있는 분들도 다 차단기가 있나요?"

"그럼 있지!"

누운 채로 이야기를 엿듣던 다른 노숙자가 벌떡 일어나며 말했다.

"…그렇군요."

승호는 손으로 목덜미를 쓸었다.

"암, 윗사람들도 제일 무서워하는 게 우리야. 잃을 게 없어 뵈잖아. 그때 온 사람들도 노숙자들한테 제일 먼저 작업한다고 말하던데."

"아직도 차단기 없는 사람들이 있을까요?"

물으면서도 참 어리석은 질문이라고 생각했다. 요양원 노인들에 노숙자까지 갖고 있으면 말 다 했지.

"글쎄, 요즘 사람은 다 있지."

첫째 노숙자가 말했다.

"듣기로는, 없는 사람을 일일이 찾아내서 넣어버린다던데?"

둘째 노숙자가 말했다.

164

"그럼, 어디에도 없겠네요. 차단기 없는 사람은."

"요즘 사람은 다 있겠지."

첫째 노숙자가 말했다.

'나 참, 어디서 찾는담…'

승호는 역 안을 계속 두리번거렸다.

"요즘 사람이 아니면 없을지도 몰라."

잠깐의 정적 이후, 첫째 노숙자가 대뜸 말했다.

"네?"

"차단기 말이야."

"요즘 사람이 아니란 게 무슨 소리예요?"

"세상엔 요즘 사람만 있는 게 아니야. 옛날 사람도 있지."

둘째 노숙자가 말했다.

"어르신들 말씀하시는 거예요? 그런 분들도 다 있던데요."

"아니 이 사람아. 완전 옛날 사람! 우리보다 한 백 년 먼저 산 사람들 있잖아."

"그런 사람이 아직도 있어요?"

"시대가 어느 때인데 그런 것도 몰라? 왜 옛날부터 돈 많은 사람들이 죽기 싫으면 하는 거 있잖아."

승호의 눈이 휘둥그레졌다.

"이제 알았나 보네."

첫째 노숙자가 말했다.

"이게 필요할 거야."

승호는 그에게서 쇠로 된 둥근 막대기를 받았다. 끝은 반지처럼 손가락이 들어갈 만한 고리 모양이었다.

"이게 뭐예요?"

"진짜로 귀중한 건 요즘에 전자식으로 숨겨놓지 않아. 전자식으로 하면 해킹당할 수 있거든. 그런 건 아날로그가 오히려 나을 수도 있어."

"열쇠인가 보네요."

"그치. 근데 전자식 열쇠야."

둘째 노숙자가 말했다.

"전자식으론 안 한다면서요?"

"이 사람아, 아날로그 자물쇠를 그거 하나로 다 열 수 있는 거야. '마스터키'라니까."

"이런 건 어떻게 갖고 계신 거예요?"

"우리가 왜 굶어 죽지 않는지 모르지?"

승호는 일인용 지하철에 오른 다음 조직에 연락했다. 차단기 없는 사람을 찾을 수 있을 거 같다고. 지금 거기로 가고 있다고.

대한민국 냉동인간 발전연구소.

승호는 그 안으로 잠입했다. 사실 원터치가 만들어지기 전부터 조직에 있었지만, 아직도 손에 피 한 번 묻혀본 적이 없었다. 그럼에도 조직에 들어올 수 있었던 건 이런 첩보 능력

덕분이었다. 하지만 그러므로 여전히 말단이기도 했다.

냉동인간들이 보관된 창고 출입구에 무사히 도달했다. 노숙자들 말처럼 창고의 잠금장치는 전자식이 아니라 커다랗고 단단한 자물쇠였다. 그들에게 받은 열쇠를 자물쇠 구멍에 끼웠다. 열쇠는 어떤 센서가 내장되어 있는지 자물쇠에 반응하여 그 속에서 스스로 모양을 바꿨다. 마스터키! 자물쇠가 풀렸다.

문이 열리면 곧바로 한기가 새어 나올 줄 알았다. 그 안에서 나오는 건 아무것도 없었다. 어떤 빛도 바람도 한기도 온기도 없었다. 바깥의 불빛을 안으로 빨아들일 뿐이었다. 승호는 전등 스위치를 눌러 창고 안을 밝혔다.

'이야, 우리나라에 냉동인간이 이렇게 많다니!'

서 있는 채로 기계 캡슐 안에 냉동된 사람들이 1층에만 수백 명 있었다.

'몇 층이야 이게?'

손가락으로 하나하나 올라가다가 결국엔 고개가 따라가지 못할 정도였다. 그 규모에 압도된 것도 잠시, 왠지 모를 오싹함을 느꼈다. 분명 살아있다고 할 수 있는 사람들인데, 아무도 사람 같지 않았다.

'이 사람들 정말 다시 살아날 수 있는 거야?'

오래전에 이야기로 들어본 사람들, TV에서 본 사람들이나 역사적인 인물도 있었다. 어쨌거나 그와 가까운 사이는 있

을 리가 없었다. 날마다 오는 구경이 아니니 적어도 구조는
꿰고 가야겠다고 생각했다. 구색만 갖춘 화물 승강기에 올
랐다.

'돈이 얼마나 많으면 가만히만 있으면서 이렇게 높은 데
사는 거야?'

승강기의 버튼은 24층까지 있었다. 캡슐들이 모여 있는
모양새를 위에서 내려다보니 무슨 비석들을 보는 것 같았
다. 혹시나 하는 생각에 중간쯤에서 멈추기로 했다. 도망칠
상황이라도 벌어지면 벗어날 데라곤 없는 맨 꼭대기에선 꼼
짝없을 테니까. 뭐 어차피 냉동인간이 매일 들어오는 것도
아니겠지만.

괴애앵

출입구에서 소리가 났다. 아까 여길 들어설 때 났던 소리
와 같았다. 누군가 창고에 들어온다!

"나갈 때 꼭 잠그라고 했잖아! 불도 안 끄고 말이야."

"죄, 죄송합니다…"

관리인으로 보이는 두 명이 나타났다. 승호는 그들의 사
각지대를 따라서 이리저리 숨어다녔다. 그가 움직일 때마다
쇠붙이로 된 통로가 퉁퉁 소리를 냈다.

"와, 엄청 많네요! 우리나라에 냉동인간이 이렇게나 많다니."

관리인들 말고도 외부인으로 보이는 사람이 한 명 뒤따랐다. 그들은 창고 안으로 그리 깊게 들어오지 않았다. 대충 둘러보기만 할 심산이었나.

"전 세계에서도 손에 꼽히는 규모거든요. 그나저나 꽤 오래 걸리겠네요?"

둘 중에 상사로 보이던 관리인이 말했다.

"아니요, 금방 끝날 겁니다. 캡슐 관리 서버에서 한꺼번에 연결하고 설치 명령만 입력해 놓으면 알아서 돼요."

외부인이 말했다. 뭘 한다는 거지? 냉동인간들에게 무슨 짓을 하려는 거야? 설마 이 사람들을 모두 좀비로 만들 생각? 맘대로 조종하는 꼭두각시로 만들 생각?

"아, 다행이네요. 사람이 워낙 많아서 오늘 안에 끝나려나 생각했었는데."

상사가 말했다. 뭐야, 도대체 뭐냐고!

"다 됐네요. 이제 가시죠."

5분 정도가 지나자, 외부인이 말했다. 이제 세 명은 창고를 나설 셈이다. 승호는 그들의 목소리를 놓치지 않기 위해 위쪽에서 계속 그들을 쫓았다. 마침내 그들이 문가에 섰다. 부하 직원으로 보이는 관리인이 창고의 문을 낑낑대며 당기고 있다. 이대로 나가버린단 말인가!

"참 이럴 때 보면 철저하네요."

상사가 말했다.

"그렇죠?"

외부인이 말했다.

"냉동인간한테까지 넣을 줄 누가 알았겠습니까."

씨발, 눈 뜨고 코 베였다.

"그러게, 말이에요. 차단기가 무슨 보험이라도 되는 것처럼."

그들은 수천 명이나 되는 냉동인간들에게 차단기를 심고 떠나버렸다.

'…낭패다.'

그들이 떠난 뒤 승호는 냉동인간 캡슐을 지나가며 하나씩 손을 대봤다. 역시나 차단기가 있다. 이대로 돌아가야 하나… 망연자실한 상태로 헤엄치듯 손을 휘저었지만, 차단기 없는 캡슐은 찾을 수 없었다. 진이 빠져 그대로 바닥에 누워버렸다.

'다 떠벌려 놨는데 돌아가서 뭐라고 말하냐…'

이대로 돌아간다면 첩보 요원 명성에 단단히 누가 될 판이었다. 그는 아무것도 없는 손으로 얼굴을 세수했다. 괜히 나댔나.

어차피 망했다는 생각으로 냉동인간들을 구경하기로 했다. 냉동인간들의 캡슐마다 일일이 일련번호 같은 게 있었다. 작은 유리창으로 드러난 얼굴 바로 위에 'A-0000' 같은 식으로 찍혀있다. 어, 이거 뭐야?

알파벳이 없다!

분명 양옆에 있는 것들과는 다른 표기였다. 그 주변에 있는 것들과도 마찬가지다. 알파벳이 왜 없지? 좀 더 넓게 뒤져보니 알파벳 없는 표기의 캡슐이 간간이 보였다. 승호는 손에서 홀로그램을 펼쳐 캡슐의 정보를 해킹하기로 했다. 눈앞에 있는 것들을 해킹하는 것 정도야 과연 일도 아니었다. 그는 드디어 알아냈다. 표기가 다른 캡슐들이 뭔지를.

'신원불명.'

그는 캡슐에 손을 내밀었다. 이번엔 확신할 수 있었다.

'찾았다.'

조직의 본부로 돌아갔다. 본부라고 해봐야 사실상 조직 소유의 건물은 그거 하나뿐이었다. 살인 청부업을 하는 만큼, 건물이 많을수록 비밀누설이 우려돼 상부에서도 일부러 건물을 늘리지 않은 거다. 행여나 미행이 붙었을까, 한 번 마주친 사람과는 절대 같은 길로 가지 않으려다 보니 꽤 오래 돌아서 왔다.

지하로만 네 층이 있는 본부의 가장 첫 문에서 조직원임을 인증받아야 했다.

…최승호…
…[승인]…

눈에 띄지 않는 장소를 본부로 삼으려다 보니 이런 오래된 건물밖에 없었을 거다. 요즘에도 계단이 있는 데가 얼마나 있으려나. 어느 시대에 쌓아놓았는지도 모를 시멘트 계단을 하나하나씩 내려갔다. 저게 뭐야?

말단들이 모여 있는 지하 1층 현관에 누군가 땅에 얼굴을 처박고 드러누워 있었다.

'아무리 개판이라지만, 술에 꼴아서 뭐 하는 짓거리야?'

신경 쓰기도 싫어, 그냥 지나쳐 계단을 계속 내려가려 했다. 잠깐.

맥을 안 짚어봐도 알 수 있다. 이렇게 몸을 못 가눌 정도인 사람이 살아있다고 한다면 숨소리를 숨길 수 없을 테니까. 의심의 손짓으로 한 번 찔러봤다. 역시, 차단기가 꺼졌다. 그의 몸을 뒤집어 이리저리 살폈다. 어디 맞은 데도 찔린 데도 없고 목을 졸린 것도 아니고. 이렇게 죽는 건 그거밖에 없다.

원터치.

계단에서 문을 너머로 바로 복도로 이어지는 지하 1층으로 들어섰다. 긴 복도에 다른 말단들이 이리저리 뒤엉켜 쌓

172

여있었다. 숨을 쉬고 있는 건 승호뿐이었다. 손을 펼쳐 홀로 그램 스크린을 켜고 누군가에게 전화를 걸었다.

"어 승호야."

승호와는 동기로 들어왔지만, 지금은 조직의 간부인 전성휘였다.

"형님, 1층이 다 털렸습니다. 싹 다 원터치로 죽었어요."

승호가 말했다.

"뭐, 씨발 그거 진짜야? 위에선 말도 없었는데?"

전성휘가 말했다.

"이거 내부 소행인 것 같은데요."

"말해줘서 고맙다. 어떻게든 처리해 볼게."

전화를 끊고 복도를 지나 방 안을 둘러봤다. 거기도 복도와 별반 다르지 않았다.

한 명 한 명씩 시체들의 얼굴을 뜯어봤다. 전부 말단 생활을 같이하던 부하들이다. 두 손이 부들부들 떨리도록 머리카락을 쥐어뜯었다. 개죽음당한 부하들을 눈앞에 두고 할 수 있는 건 풀썩 주저앉는 것뿐이었다.

'가족이라고 해 봤자 조직이 전부인 녀석들인데… 니들이 죽었다고 누구한테 말하면 되냐… 니들은 아냐…?'

상부에 보고해야 했다. 말단이라 할지라도 조직 사업의 대부분을 차지하는 녀석들이다. 온라인으로는 그 배신자가 해킹할지도 모른다. 직접 계단을 내려가 전해야 했다. 방을 나섰다.

"아 승호야."

전성휘였다. 늘 데리고 다니는 부하 둘이 뒤에 서 있었다.

"이제 괜찮아. 위에서 지시 내려왔다. 다 처리했어."

"처리라니, 무슨 처리요? 죽은 애들이 여기 그대로 있는데 뭐가 어떻게 돌아가는 거예요?"

그가 다가왔다. 뒤의 두 사람은 그대로 있었다. 그가 승호의 어깨에 손을 뻗었다. 승호는 차단기 때문에 뒷걸음질했다. 그의 손은 멈추지 않았다. 그는 멀쩡히 승호의 어깨 위에 손을 얹었다.

"네가 마지막이야."

뒤에 있던 두 사람이 달려들었다. 승호의 양팔을 붙들고 놓아주질 않았다. 몸부림쳐봤자 말단 첩보 요원일 뿐이라 힘이 턱없이 달렸다. 진이 빠지도록 버둥거려도 아무 소용이 없었다. 전성휘는 품 안에서 검은 주머니를 꺼내 승호의 머리에 씌웠다. 어딘가로 끌려가는 도중 전성휘가 이렇게 말했다.

"나도 다 시켜서 한 거야."

눈앞이 다시 밝아졌을 때는 이미 온몸이 의자에 묶여있었다.

"이해가 됐어?"

전성휘가 말했다.

"왜…"

승호가 말했다.

"차단기 박힌 애들은 이제 못 써먹거든. 연장으로 일하는 애들 다 잡혀들어간 거 너도 알지?"

사방을 둘러보니 방공호처럼 생긴 폐쇄된 곳이었다. 한구석에서 전성휘는 불빛이 튀는 무언가를 만지작거렸다.

"찾았다니까. 차단기 없는 사람 찾았다고 했잖아."

승호가 말했다.

"위에서 정말 써먹으려고 그런 사람 찾은 건 줄 알아? 경쟁사 겐세이 놓으려고 한 거지. 진짜 써먹는다고 치자. 걔네들을 어디에다 둘 건데? 이러나저러나 좁아터진 본부에서 물갈이를 안 할 수가 없단 말이지."

전성휘는 아까 만지던 그걸 가지고 성큼성큼 걸어왔다.

"그래도 정이 있으니까, 손에서 끝내줄게. 목숨값으로 퇴직금 퉁치자고. 이거 윗선에도 비밀로 하는 거야."

"개좆 같은 새끼."

"요즘은 기술도 좋아. 손모가지도 1초면 되니. 아프지도 않겠다, 야."

전성휘는 실톱의 틀 같은 모양의 하얗고 광택이 나는 기계를 작동시켰다. 스파크가 터지는 소리가 들리고 순식간에 불빛이 쭉 뻗어나갔다. 불빛이 끝에 다다르자, 보고 있는 게 어지럽도록 꿈틀거렸다. 그는 승호의 양쪽 손목이 나란히 있는 곳 바로 위에 그걸 들어 올렸다. 두부 썰 듯, 슥 내렸다.

거친 비명 뒤에, 승호의 손목이 있던 자리에 연기가 모락모락 피어올랐다. 검은 주머니가 다시 그의 머리를 삼켰다. 그들이 또 승호를 어딘가로 끌고 갔다. 손목 자리에서 오는 고통 때문에 정신을 부여잡기 힘들었다. 등 뒤로 신발 밑창이 날아왔다. 승호도 땅바닥으로 날아갔다. 보도블록에 얼굴을 처박고 나니 정신이 더 아득해졌다. 주머니가 벗겨졌다.

가로등 불빛도 없었다. 눈을 떴는데도 꼭 안 뜬 것처럼 온통 새까만 거리였다. 얼굴에 떵한 기운이 잦아들자, 손목이 다시 뜨거워졌다. 빗물에 몸은 계속 차가워졌지만, 손목은 점점 더 뜨거워졌다. 열기 때문에 저절로 눈이 감겼다. 정신이 꺼져버릴까 서둘러 다녀왔던 데를 짚었다. 요양원… 냉동인간 창고… 내 동생들…

몸을 뒤집고 팔을 구부려 양손을 찾았다. 간신히 뜬 눈으로 보이는 건 불에 그을린 고깃덩이의 단면뿐이었다. 그걸 보다가 정신이 픽 꺼져버렸다.

눈을 감은 채로 얼굴에 불빛이 드리운 게 느껴졌다. 승호는 눈을 뜨려다 눈이 부셔서 다시 감아버렸다. 손으로 눈을 가리고 아주 잠깐만 더 누워있으려 했다.

'손?'

벌떡 일어나 앉아 눈을 부릅뜨고 손목에 달린 걸 확인했

176

다. 손이 달려있었다. 다만 기계로 만들어진 의수였다. 겉으로 보면 사람 손과 다르지 않았지만, 손가락이 움직이는 느낌으로 알 수 있었다.

"깼나 보네?"

누군가가 말했다. 고개를 돌려 보니 백발에 등이 굽은 사람이 보였다. 아침인데도 어두컴컴한 구석에서 스탠드를 켜놓고 뭔가를 만지고 있었다. 그는 처음부터 승호를 쳐다보지도 않고 말했다.

"여기가 어디죠?"

승호가 물었다.

"집이지. 어디긴."

노인은 옛날에나 쓰던 키보드를 두드려 댔다.

"손… 어르신이 하신 거죠?"

"여기 나 말고 아무도 없어. 쫄지 마."

"누구시길래 절 도와주셨어요? 그냥 놔두면 상관없이 죽어버렸을 텐데."

"그대로 놔둘 걸 그랬어. 이렇게 멍청해서야."

"정말로 누구세요?"

노인은 그제야 승호를 돌아보며 씨익 웃었다. 그리고 다시 등을 돌렸다.

"인조인간."

"예?"

"인조인간 몰라? 사람이 아니라는 거야 아무튼."

승호는 무의식적으로 손에서 홀로그램 스크린을 펼치려 했다. 새로운 손으로는 해본 적 없지만 그래도 푸른색 불빛이 눈앞에 제대로 드러났다. 그걸로 노인의 정보를 캐내려 했다. 하지만 아무것도 알아낼 수 없었다.

…[신원불명]…

'그때 거기 있던 사람들, 다 인조인간이었구나.'

승호는 침대 옆 창가에 있던 커튼을 살짝 젖혀 밖을 들여다봤다. 보아하니 어제 쓰러졌던 곳에서 그리 멀지 않은 곳 같았다. 목이 말랐다.

"아이고, 이제 다 됐다."

노인은 기지개를 활짝 켜더니 자리에서 일어나 상체를 왼쪽, 오른쪽으로 비틀어 스트레칭을 했다. 그리고 작업하던 것을 손에 집은 채 승호에게 다가왔다.

"따로 아픈 데는 없지?"

노인이 말했다.

"예."

승호는 여러 번 손을 쥐었다 폈다.

"대신에 해줘야 할 게 있는데."

노인은 침대 옆에 있던 얄구진 의자에 앉았다. 끼익, 소리가 났다.

"살려주신 건 때우죠."

승호가 말했다.

"그래? 얘기가 빠르겠구만."

노인은 승호에게 손에 들고 있던 걸 보여줬다.

"자네, 이게 뭔지는 알지?"

원터치였다.

"차단기 때문에 요새 못 쓰게 될 줄 알았는데, 뒷동네에서는 아직도 이걸로 장사하는 애들이 있나 봐."

"저도 차단기 없는 사람들을 봤어요."

승호가 말했다.

"그래? 어떻게 봤대?"

"동료였거든요. 처음엔 차단기가 없는 줄도 몰랐죠. 그래서 이렇게 됐구요."

승호는 두 손목을 접어 일전의 사태를 재연했다.

"그러면 내가 제대로 골랐구만."

노인이 말했다.

"뭘 해야 되는데요?"

승호가 말했다.

"이거."

노인은 원터치를 쥔 손을 승호의 눈앞에 들이밀었다.

"이걸로 사람 죽이는 놈들, 자네가 정리 좀 해줘."

승호는 말이 없었다.

"다 할 필요 없어. 자네가 아는 만큼만 하면 돼."

노인이 말했다.

"글쎄요…, 싸우는 데엔 소질 없는데."

승호가 말했다.

"자네도 봤을 거 아니야. 이걸로 사람 죽이면 어떻게 되는지. 한번 시작하면 그다음부턴 사람 죽이는 게 공 차는 것처럼 돼버려. 점점 속도가 붙겠지. 한 명이 두 명 되고, 두 명이 금방 열 명, 백 명 이렇게 될걸?"

노인의 말을 들은 승호는 어제 그 시체 언덕이 다시 떠올랐다. 몇 날 며칠을 먹고 자며 했던 동료들이 하루아침에 몸뚱어리로 무덤을 쌓아놓은 것을.

"제가 아는 곳은 이미 제 정보가 다 팔렸을 텐데요."

"기록이 무섭다는 건가?"

"거기 하루 이틀 있었던 게 아니라서."

승호는 눈썹 위를 긁었다.

"자네, 하고 싶은 생각은 확실하지?"

노인은 원터치를 쥔 손을 흔들었다.

"손 닿는 대로 도와드리죠."

"좋아, 그럼, 자네도 받아들인 걸로 알지."

노인은 덥석, 승호의 팔을 붙들었다. 그동안의 느긋함이라곤 온데간데없는 그의 모습에 승호는 지레 겁을 먹었다.

"왜, 왜 그러세요?"

승호가 말했다.

"이게 방법이야."

노인은 원터치의 버튼을 눌렀다. 승호의 심장은 멈췄고, 그는 다시 침대에 쓰러졌다.

"좀 어때?"

눈을 뜬 승호에게 노인이 물었다.

"…"

저녁, 승호는 똑같은 침대에서 다시 깨어났다.

"뭐죠?"

승호가 물었다.

"뭐긴, 죽었다 살아난 거지."

노인은 다시 그의 작업대로 돌아갔다.

"진짜 원터치로 죽이신 거예요?"

"그리고 진짜 살렸지."

"나 참…. 근데 어떻게 다시 살아난 거죠?"

노인은 다리미처럼 생긴 작은 쇳덩어리 두 개를 손으로 들어 보여줬다.

"이게 오래됐어도 효과는 직빵이야."

그 두 개를 서로 문지르면서 노인은 말했다.

"진짜 죽을 수도 있었던 거네요."

승호는 다시 달린 손바닥을 물끄러미 바라보았다. 죽었다 깨어난 것 말고는 달라진 게 아무것도 없었다.

"근데 갑자기 왜 죽이신 거예요?"

"펴봐 한번."

노인은 다시 키보드를 두드리기 시작했다.

"예?"

"네트워크 펴보라고."

승호는 그의 말에 따라 손으로 푸른빛을 쏘았다. 대기 시간이 지나고, 이제 그의 신원만 나타나기만 하면 됐다.

…[신원불명]…

"자네도 이제 인조인간이야."

노인은 다시 침대로 다가와 그의 손을 잡고 멋대로 악수했다.

"저기, 이거, 어, 어떻게?"

"말하자면 '사망 처리'된 거야."

"그, 그럼, 제가 갖고 있던 것들 다 어디 간 거죠? 지, 집이랑 돈 같은 거…"

승호는 신원불명의 화면에서 눈을 떼지 못했다.

"물론 자네 소유인 상태지. 하지만 자네는 이제 네트워크에 없는 사람이 된 거야."

노인은 자신의 스크린을 보여주면서 그와 같다는 걸 보여
줬다.

"이래서 인조인간인 거군요."

승호는 자기 스크린을 꺼버렸다.

"일부러 신원을 없애버렸으니까."

노인은 한 손가락 끝에서 초소형 전동 드릴이 나오는 걸
보여줬다.

"이제 쳐들어가라는 건가요?"

"그전에, 싸움에 젬병이라는 걸 보완할 필요가 있어."

노인은 승호의 오른손 손날 부분을 눌렀다. 전자음이 들렸
다. 노인은 그곳의 보이지 않던 덮개를 열었다. 안을 들여다
보니 텅 비어있었다.

"여기다가 이걸 넣는 거야."

노인은 그 안에 원터치를 꽂아 넣었다. 딸깍, 하면서 이음
새가 맞닿는 소리가 들렸다.

"처음부터 이거 때문에 달아놓으신 거군요."

"말했잖아. 공짜는 없다고."

승호는 다시 손목을 돌리며 손가락을 움직여 봤다. 달라진
건 없어 보였다. 그러다 잠시, 팔뚝에서 어떤 문장이 희미하
게 빛났다.

원터치-킬러, 가동 중

"어떻게 쓰는 거죠?"

승호가 물었다.

"그냥 '죽어라'라고 생각하기만 하면 돼."

노인이 말했다.

"머릿속으로요?"

"그래, 이제 그것도 자네 몸의 일부야."

승호는 허름해진 옷가지들을 챙겨서 나설 채비를 했다.

"아 참, 이것도 챙겨."

노인은 승호에게 오래된 권총과 그에 끼울 수 있는 소음기를 건넸다. 승호는 그걸 받고 이리저리 구경했다.

"이게 아직도 있네요? 어렸을 때 게임에서만 보던 건데."

승호가 말했다.

"자살용이라더군."

노인은 작업대로 돌아갔다.

"그런 의미로 주신 거였어요?"

"허허, 농담이야. 자기 몸은 지킬 줄 알아야지. 쏠 줄은 알지?"

다시 키보드 두드리는 소리가 들렸다.

"왕년에 게임 좀 했습니다."

"역시 자살용이야."

"다시 뵐 수 있을지 모르겠네요."

승호는 현관에 섰다. 노인은 인사말 대신 손을 흔들어 보였다.

본부로 가기 위해 역으로 향했다. 막상 도착하고 나니 생각지 못했던 게 있었다. 네트워크에서 사라진 상태에서 무슨 수로 개찰구를 통과하지? 내 계정으로 결제해야 지나갈 수 있을 텐데. 승호는 우선 가던 길을 계속 갔다. 어차피 지하철을 못 탄다면 유일한 수단은 걸어서 가는 것뿐이었다. 무사히 개찰구를 넘어갈 수 있길 바랐다.

역 안으로 들어서서 사람들의 움직임을 살폈다. 혹시라도 개찰구를 통과하지 못했을 때 누군가 그걸 보기라도 한다면 심상치 않게 볼 게 뻔했다. 아무도 없는 틈을 타 그는 개찰구 앞에 다가섰다. 조심스럽게 손바닥을 개찰구의 홀로그램 인식기에 갖다 댔다. 될까?

…[결제 중]…

'제발, 제발!'

…[결제 실패]…

'씨발!'

말짱 도루묵이 됐다. 이대로 본부까지 발로 걸어가야 하나? 출구를 돌아보다가 승호는 부리나케 개찰구를 떠나 몸을 숨겼다. 전성휘가 지하철을 타기 위해 역 안에 들어선 것이다.

'똘마니들도 없이 웬일로 지하철을?'

순간 머릿속에서 번뜩거리는 것이 있었다. 전성휘가 개찰구 앞까지 다가오기를 기다렸다. 그가 탑승권을 사고 개찰구를 통과하려는 순간 뛰어들어 팔을 붙잡았다.

'죽어!'

간발의 차로 전성휘는 그의 손을 뿌리쳤다. 낌새가 수상함을 느낀 전성휘는 냅다 지하철로 뛰어들었다. 승호도 바로 뒤따라 몸을 던졌다. 일인용 버스처럼 역시 공중전화 부스만 한 일인용 지하철에 서로 자기가 들어가려고 몸을 욱여넣고 있었다.

"너 이 새끼!"

전성휘가 소리쳤다. 지하철에서 승호를 떼어내려고 했다. 동시에 자기 몸에 승호의 손이 닿지 않게 이리저리 팔을 휘둘렀다. 하지만 둘 다 제대로 할 순 없었다. 승호는 몸을 돌려 일인용 지하철 안쪽에 자리를 잡아버렸고 출발 버튼을 눌렀다. 지하철은 고무줄이 끊어질 듯 잡아당긴 새총의 총알처럼 출입문을 닫고 튕겨 나갔다.

일인용일지라도 속력은 과거의 고속철도와 다름없었다. 갑작스러운 출발의 반동으로 승호는 벽에 딱 붙게 됐고, 전성휘도 승호에게 딱 붙게 됐다. 원터치가 있는 손은 제대로 전성휘에게 닿았다.

하지만 원터치를 작동시키지 못했다. 사람을 한 번도 죽여 본 적이 없었다. 누군가를 죽이려는 생각을 진심으로 하는 게 보통 일이 아니었다. 전성휘는 달랐다. 그는 조직에서도 행동파였다. 틈을 놓치지 않고 손목시계에 내장된 접이식 칼을 돌출시켰다. 그대로 승호의 옆구리를 쑤셔버렸다.

칼날은 승호의 옆구리를 지나 유리창에 박혔다. 이에 놓칠세라 승호도 발길질로 전성휘를 떼어놓았다. 그리고 출입구의 긴급개방 장치를 작동시켰다. 출입구가 확 열리자, 중심을 못 잡던 전성휘가 지하철 밖으로 몸이 빨려 나갔다. 한 손으로 간신히 출입구에 매달려 있었다. 그 손에 승호가 손바닥을 갖다 댔다. 죽어버리든지 손을 놓든지, 빨리 나가떨어지라는 생각을 했다.

비명을 내지르며 전성휘가 지하철에서 떨어져 나갔다. 원터치가 작동했는지 매달린 손에 힘이 달려서 그랬는지 몰랐다. 서둘러 출입구를 닫았다. 계속 본부로 향했다.

'그래도 몇 년을 몸담고 있던 데인데 거길 치우라니.'

지하철 안에서 승호는 혼자 생각했다. 하긴, 내 식구들은 이제 없으니까. 걔네들 몫은 해줘야지. 시작을 전성휘로 해서 그런가. 생각보다 어려운 일은 아닌 것 같다. 피를 흘리는 것도 아니고. 어찌 됐든, 그 새끼들은 전부 뒈져야 마땅한 놈들이지.

'어라?'

승호는 본부로 들어가는 현관 앞까지 살금살금 숨어 갔다. 그런데 현관에 있는 인터폰에서 수상한 낌새를 느꼈다.

…[알 수 없음]…

화면을 건드려도 아무런 반응이 없고, 출입구도 활짝 열린 채로 있었다. 혹시나 해서 열린 출입구를 앞뒤로 왔다 갔다 하며 지나갔지만 여전했다.

'이미 누가 쳐들어왔다!'

누구지? 죽은 애들 쪽인가? 하루 만에 벌써 연락이 닿았나? 그럼, 마주치면 어떡하지?

아래층을 뚫어져라 쳐다보면서 스멀스멀 내려갔다. 계단을 하나하나 밟으니, 자신의 몸무게가 계단이 아니라 가슴에 내려앉는 것 같았다. 전자장치라곤 없는 신발이 까칠한 시멘트 계단에서 떨어져 나갈 때마다 소름 돋는 소리를 들어야 했다. 사람을 감지하는 레이더에 잡히지 않기 위한 선택이었다.

지하 1층에 다다랐다. 문가 벽에 붙어서 고개만 복도 쪽으로 내밀었다. 조용했다. 사람이 있다면 그럴 수 없었다. 네트워크를 쓸 수 없는 만큼 저쪽도 그렇고, 이쪽에서도 상대방이 있다는 걸 알 수 없다. 직접 몸으로 느끼지 않으면 안 된다. 최대한 조용하게 흔적도 없이 잠입할 생각이었지만, 본

능적으로 품 안에 권총을 꺼냈다. 총구에 소음기를 돌려 끼웠다. 끼릭, 끼릭… 소음기가 돌아가는 소리가 날 때마다 누군가 인기척을 드러낼까, 고개를 아래층으로 향했다가 1층 복도로 돌렸다가를 반복했다.

말단들이 생활하던 1층엔 아무것도 없었다. 하루 만에 여기 있던 흔적들은 싸그리 없어졌다. 그래봤자 꼬리란 거지 뭐. 승호는 침대가 모여 있던 공간에 들어갔다.

'니들 몫은 다 해줄게. 조금만 기다려.'

아까완 다르게 문가를 성큼성큼 지났다. 그리곤 다시 시멘트 계단을 터벅터벅 내려갔다.

'어차피 네트워크에 안 뜨면 생각도 못할 놈들이니까. 개새끼들…'

지하 2층으로 이어진 문가에 다다랐다. 문가에 떡하니 섰을 때, 마주치는 어떤 조직원이든 보자마자 총으로 대가리를 쏴버릴 생각이었다. 그런데 복도에 들어섰어도 아무런 인기척이 없었다.

'…다 어디 갔어? 벌써 들킨 건가?'

전성휘! 전성휘가 살아있었나. 아님 그놈한테서 연락이 없으니, 뭔가 낌새를 차린 거야. 설마, 그 노인네부터 한패였나?

승호는 다시 문가로 돌아와서 그 아래층으로 가는 쪽을 살폈다. 여전히 아래층도 조용했다. 그리곤 다시 복도로 들어서려고 몸을 돌리려는 순간, 권총을 들고 있던 손이 꽈배

기처럼 등 뒤로 꼬였다.

"당신 누구야?! 왜 신호가 안 잡히지?"

처음 듣는 여성의 목소리가 뒤통수에서 들렸다. 누군지 얼굴을 보려고 고개를 돌리려 하자 그녀가 머리끄덩이를 잡고 벽에 딱 붙게 처박았다.

"그, 그럼 넌 누군데?! 너도 전성휘 패거리냐?"

뭉개진 얼굴에서 간신히 입술만 벽에서 빼내 말했다.

"전성휘? 간부진을 말하는 건가?"

"그래. 씨발, 니들 내가 다 쳐 죽이러 왔다. 어쩔래!"

그제야 그녀는 붙들었던 팔을 풀어주었다. 승호는 짜부라졌던 얼굴이 멀쩡한지 확인하려고 계속 얼굴에 있는 근육을 씰룩거렸다. 뺨이 따끔거렸다.

"뭔데 다짜고짜 이러냐고."

승호가 말했다.

"손에 뭐 들고 있는지도 모르나 봐?"

갑작스러운 봉변에 그런 것도 깜빡하고 있었다. 그녀는 제법 앳된 얼굴을 하고 있으면서도 풍기는 기운은 전혀 딴판이었다.

"당신 어디 쪽 사람이야? 여기서 뭐 하고 있는데?"

승호는 벽에 기대 큰 숨을 뱉으며 물었다.

"보여줄게. 궁금하면."

그녀는 안쪽으로 좁은 복도를 걸어갔다. 양쪽에 있는 문에는 들어가지 않았다. 그저 팔을 벌려 가리킬 뿐이었다. 승호는 왼쪽에 있는 문에 한 번, 오른쪽에 있는 문에 한 번 고개를 들이밀어 뭐가 있는지 확인했다.

"그래서였구만."

아까부터 그녀의 차림새가 눈꼴 사나웠던 승호였다. 가뜩이나 그 잘난 페인트칠 하나 되지도 않은 이 시멘트 세상에서 그녀도 온통 회색으로 몸을 꽁꽁 싸매고 있었다. 눈에 안띌 줄 알았겠지만, 직선과 직각으로만 이루어진 여기서 타이트한 옷 바로 아래로 드러난 그녀의 곡선은 자꾸만 눈동자를 잡아당겼다.

"…그 덩치에 어떻게, 잘도 했네."

승호가 말했다. 승호 역시 건장하다고 할 만한 체격은 아니었다. 그녀는 승호보다도 더 아니었다. 그러면서 지하 2층에 있는 조직원들을 몽땅 해치우고도 지친 기색이 없었다. 솔직히 좀 쫄았다.

"요새 맨몸으로 싸우는 사람이 어딨어. 다 튜닝이지."

그녀는 손가락을 튕겨서 딱딱 소리를 냈다. 그사이에 어떤 기계 부품들이 서로 스치는 소리가 들리는 것 같았다. 힘을 쓰는 데에 많이 움직이는 근육을 요즘 초소형 기계 엔진으로 대체한다는 기술이 저런 건가 보다.

"어디 사람이길래 여길 다 쓸어버리는 거야? 혹시 전성휘새끼 때문에?"

승호가 물었다.

"그건 알 바 아니고. 그냥 사업이지 뭐."

그녀가 말했다.

"이쪽 업계인가 보네. 경쟁사를 치우는 거구만."

"그건 아니고. 뭐, 말하자면 가족 사업?"

승호는 그 말을 듣고 눈썹을 치켜올렸다.

"뭐 아무튼 당신도 여기 접수하려고 온 거 아니야?"

그녀가 팔을 이리저리 스트레칭하면서 물었다. 팔이 움직이는 방향에 따라 그녀의 곡선도 따라 움직였다. 또 눈이 따라갔다.

"그나저나 당신, 레이더에도 안 잡히던데 정체가 뭐야 대체?"

그녀가 물었다.

"살아있지만 죽은 거지 뭐."

승호는 권총에 달린 소음기 끝으로 머리칼 라인을 따라 긁었다. 고개도 반대쪽으로 돌렸다.

"인조인간이야."

고개를 돌린 채로 승호가 말했다.

"진짜? 당신 온몸이 깡통이야?"

그녀는 승호의 몸을 손가락으로 꾹꾹 찔렀다. 승호는 얼른 그 손을 치웠다.

"그런 건 아니고."

"이름은? 뭐 '깡통 7호' 이런 건 아니지?"

승호의 이름을 들은 그녀는 자기를 한성은이라며 소개했다. 어차피 어디서 볼 사이도 아니고. 될 대로 되라지. 그런데 성은의 이름을 듣자마자 입이 떡 벌어졌다. 원터치 발명자 한휘호의 딸인 바로 그 한성은이다.

"이런 씨발."

승호는 인상을 확 구긴 채 눈을 꾹 감았다. 왼손으로 얼굴을 쓸어내렸다.

"아니다… 덕분에 빌어먹고 살았어."

"뭐야, 당신도 이쪽 사람이었어?"

성은이 갑자기 승호를 확 벽에 밀어붙였다. 등으로 전해진 충격이 명치까지 오자 목에 숨이 콱 걸렸다.

"거 참, 힘은 더럽게 세네… 씻었어, 손 씻었다고. 손모가지도 날아갔다고!"

그 증거로 승호는 손목과 의수가 맞닿은 이음새를 보여줬다.

"이건 양반이지. 내 동생들 다 뒈졌어. 내가 이래 된 날에."

그리고 손목을 달랑달랑 흔들었다.

"그래서 아까 다 죽여버린다고 했구나."

성은은 승호를 놓아줬다.

"알았으면 빨리 내려가. 여기 있는 것도 거북하니까."

승호는 코를 찡그렸다.

"이래라 저래라야. 그런다고 똥이 된장 되는 줄 아나."

그녀가 앞장서자마자 승호는 입술을 몰래 씰룩거렸다.

지하 3층. 작은 조직 중에서 그나마도 아주 소수뿐인 간부진들이 모여 있는 곳이다. 경비라면 아무래도 이 본부 건물에서 가장 살벌할 테지만, 지금은 그런 경비를 할 말단들이 다 뒈져버렸다. 하지만 명색이 암살조직인데, 간부라면 그 실력이 어디 안 갈 것이다.

"여기는 간부들밖에 없어."

지하 3층 문에 거의 다 와서 승호가 성은에게 말했다. 물론 아주 속닥거렸다.

"나도 다 알아."

성은이 말했다. 알긴 개뿔. 알면서 이렇게 대놓고 간단 말이야? 지가 레이더에 걸릴 건 생각 안 하나.

"당신, 걸릴 텐데 아무래도."

승호가 말했다.

"괜찮아."

"뭐가 괜찮다는 거야?"

"나도 인조인간이거든."

"뭐? 그러면서 아깐 왜 놀란 거야?"

"난 인조인간이 무슨 깡통 덩어리 말하는 줄 알았지. 근데 들어보니까 아닌 거 같더만. 나도 안 잡혀 레이더에는."

"그래서 아까 그렇게 덥석덥석 잡았구만."

"뭘 또 덥석덥석이야? 그만 궁시렁거려. 일해야 되니깐."

"…프로인 척하기는."

그나저나 이 여자는 정말로 맨주먹으로 정리할 생각인가?

그 순간, 성은의 팔뚝에서 무슨 덮개가 열리더니 원통형 쇠막대기 같은 게 나왔다. 사실 그것보단 훨씬 고도의 기술력과 정교함이 보이는 모양새였지만, 승호가 보기엔 그랬다.

"그거, 소리도 안 나는 거야?"

자기 것이 더 낫겠다고 생각하던 그였다.

"당연하지. 이런 사업 하는데 누가 광고하면서 다녀."

그녀는 문가에 딱 붙어서 고개만 돌려 안을 들여다봤다.

"여기 원래 이래?"

복도를 들여다본 그녀가 승호에게 물었다.

"요즘 사람들은 거의 앉아만 있지. 나 같은 놈들 빼고는."

둘은 문가를 지나 드디어 복도로 들어섰다. 양옆엔 간부실 문 두 개가 있었고, 복도 가장 끝엔 회장실이 보였다.

"간부실 두 개밖에 없네?"

성은이 말했다.

"건물이 후져서 간부실도 여러 사람이 같이 쓰는 처지지."

승호는 권총의 가늠자에 눈을 가까이 가져갔다.

"무슨 조직이 이렇게 멋대가리가 없냐."

"다 보안을 위해서지. 이쯤이면 원래 보안장치가 움직일 텐데."

역시나, 보안장치 센서에도 걸리지 않았다. 승호는 갑자기 어떤 잠입의 경지에 도달한 것 같아 짜릿함을 느꼈다. 어쩌면… 이런 삶이 더 낫겠는데?

"몇 명씩 있는진 알아?"

그녀가 물었다.

"왼쪽 방에 4명, 오른쪽 방에 7명."

"받은 정보대로네."

"근데 여기 간부실 문은 조직원들만 열 수 있을 텐데."

"해킹하면 되지."

"네트워크를 쓸 수 있어?"

"응, 설마 당신은 못 써?"

성은은 손을 펼쳐 스크린을 보여주었다.

"옌장… 난 완전 먹통인데."

양쪽에 있는 간부실 문가에 각각 섰다. 승호는 왼쪽에, 성
은은 오른쪽에.

"같이 가는 게 낫지 않아?"

승호가 물었다.

"난 누구랑 같이 일 안 하는데."

성은은 팔뚝에 달린 원통형 기계를 점검했다.

"난 문 못 따."

승호는 간부실 전자도어락을 가리켰다.

"기다리든가."

'쌍년.'

성은은 스크린이 옆으로 투사되게 했다. 오른쪽 간부실 잠

금장치를 해킹하기 시작했다. 해킹하는 데에는 그리 오래 걸리지 않았다. 잠금장치가 풀렸고, 문이 열렸다. 영문을 모르는 간부진들이 갑자기 열린 문을 보고 하나같이 어리둥절한 표정을 지었다.

"뭐야?"

그중 하나가 물었다. 아니, 자기도 모르게 말했다.

푝, 푝, 푝, 푝, 푝, 푝, 푝

정확히 일곱 번, 그녀의 팔에서 그게 발사됐다. 간부실 하나가 정리되는 데 3초도 걸리지 않았다.

"크흠."

승호는 슬쩍 왼쪽 방 문가에서 비켜섰다.

"쫄기는."

그녀가 승호를 툭 치면서 살짝 웃었다.

다시 오른쪽 방처럼 그녀는 왼쪽 방의 문을 해킹했고, 결과는 아까와 다르지 않았다. 성은의 팔에 달린 장치는 정확하고 빠르고 조용했다.

"그건 뭐라 부르는 거야?"

다 해치우고 난 그녀에게 승호가 물었다.

"뭐라 부르긴. 총도 몰라?"

회장은 뭔가 달랐을까? 승호는 내심 그러길 바랐다. 명색이 조직의 최고인데 다른 떨거지들이랑은 달랐으면 했다. 하지만 뭐든 순식간에 일어나면, 우리 뇌는 이해할 시간이 필요했다. 그 이해할 시간 동안에 성은의 총이 발사되고, 그걸 막을 만큼 회장의 몸은 단단하지 못했다. 하긴, 몸에 쇳덩어리 집어넣는 걸 좋아서 하는 사람이 어딨어.

"이제 어쩔 거야?"
본부를 나와서 그녀가 물었다.
"갈 곳은 있어."
승호가 말했다.
"그래? 잘됐네."
"가기 전에 이거."
승호는 오른손을 손목에서 떼어 그녀에게 건넸다.
"거기, 원터치 있거든? 손날 부분 열면 나오더라. 네가 알아서 해."
그는 여길 오기 전부터 생각했던 곳으로 향했다. 이 일이 끝나면 자기가 돌아가야겠다고 생각한 곳. 그가 어떤 방법으로 거길 다시 갔는지는 알 수 없었다. 어쨌든 지금 거기 있다.

눈앞엔 냉동인간 탱크가 있다. 수동 개폐기를 돌려 탱크를 열었다. 이 안에 있는 사람이 어떤 사람인지는 모른다. 그가 얼마나 이 안에 오래 있었는지도 모른다. 옛날에 아주 유명

했던 돈 많은 아무개겠지. 지금쯤이면 당신을 살려줄 의학이 있을 겁니다. 그동안 오래 계셨으니까 양보 좀 해주세요.

승호는 탱크 안에 자기를 넣고 안에서 수동으로 문을 잠갔다. 사람을 냉동시키는 가스가 다시 뿜어져 나와 그를 꽁꽁 싸맸다. 눈을 감고 아무 생각도 하지 않았다. 그저 한숨 잠을 자는 거라고 여겼다. 그렇게 꽝꽝 얼어붙었다. 10년이 지났다.

"오랜만입니다. 한참 찾았어요. 인조인간이라 도통 알아볼 데가 있어야지."

정신이 들자, 누군가가 승호에게 말했다.

"…누구세요? 처음 보는데."

승호는 불빛 때문에 힘겹게 눈을 떴다. 눈앞에 있는 사람의 얼굴을 살피는 데에도 조금 시간이 걸렸다.

"그때 그 노인네, 그게 접니다."

그는 엄지손가락으로 자기를 가리켰다.

"뭐라고요? 어떻게…"

"이것만 싹 바꾼 겁니다."

그는 이번엔 자기 머리를 가리켰다.

"부탁 들어주셔서 감사합니다. 뭐, 결국 제 딸이 다 해냈다던데."

"옌장, 뭐 그렇죠. 그쪽은 죽었다 그랬는데… 이젠 뭐 놀랄

힘도 없네요."

"손은 다시 달아드렸어요. 아, 원터치는 없습니다."

정말로 승호의 오른손이 달려있었다. 손을 펼치자 푸른 빛이 퍼져나갔고, 네트워크가 이젠 제대로 열렸다.

"여기 남을 필요도 없으시잖아요."

한휘호가 말했다.

"글쎄, 뭘 하고 살아야 할지."

승호가 말했다.

"뭐, 시간은 많으실 텐데요. 그런 건 천천히 생각하세요. 수고 많으셨습니다. 자, 악수나 한번 하죠."

"예… 그러죠 뭐."

승호는 오른손으로 그의 손을 잡고 살짝, 아주 살짝 위아래로 떨리듯 손을 흔들었다. 원터치가 발명된 이래로, 그리고 원터치가 사라진 이후로, 사람과 사람의 가장 평화롭고 침착한 터치였다.

추가 토핑

초판 1쇄 발행 2024년 7월 15일
초판 1쇄 인쇄 2024년 7월 15일

지은이　　나문수

디자인　　포레스트 웨일
펴낸이　　포레스트 웨일
펴낸곳　　포레스트 웨일
출판등록　제2021-000014 호
주소　　　충남 아산시 아산로 103-17
전자우편　forestwhalepublish@naver.com

종이책　　979-11-93963-25-8

작가님들과 함께 성장하는 출판사
포레스트 웨일입니다.
작가님들의 소중한 원고를 받고 있습니다.
forestwhalepublish@naver.com